辻井輝行

Teruyuki Tsujii

風詠社

緒言

岡山大学名誉教授　吉田 則夫

人はすべて、ながい人生の過程で、さまざまな人との出会いがある。それぞれの人生に、いったいどれほどの人びとがかかわるのか。人それぞれに質と量にわたって千差万別であろう。

私は教員一筋の境遇もあって、ずいぶん多くの人に巡り会ってきた。元来、付かず離れずの人づきあいで、淡々と過ごしてきたつもりだが、なかには積年の心友と呼びたい何人かの人たちがいる。

辻井輝行さんは、私にとってその筆頭の人と言って過言ではない。辻井さんの人となりは、おそらく、彼を知る人びとの衆目の一致するところだろう。

私は偶々（たまたま）、大学院での師弟関係という縁で知遇を得て、今や優に四十年以上に及ぶおつきあいである。この間の、一貫して変わらぬ交流を顧みるとき、衷心より感懐を禁じ得ない。

いったい、このような人となりが、どのようにして育まれてきたのか。その形成過程を知りたいと考えるようになった。そして、その手だてとして、辻井さんに「わが忘れえぬ人」というタイトルで、エッセイを認め（したた）て欲しいと申し出たのである。

その目論見は見事に達成されたと思う。本書に綴られたさまざまな出会いの場面での、かくも鮮烈な記憶、しかも感恩の真情にあふれる回顧は、一読者として感嘆するに余りある。このエッセイを通して、辻井さんの人となりが、このような親密で心豊かな対人接触の蓄積の結果、生まれてきたことが納得させられるのである。

読者はここに、徳ある一人の市井人の、心に残る出会いの人生行路に触れてみて欲しい。そしてみずからも、これまで出会った人びとを回顧するよすがとしていただければ、著者にとっても望外の喜びと言えよう。

二〇二四年三月三〇日

私の生い立ち

気がつけば母の年齢を超えていた。

思えば、小さい頃から虚弱体質で、周囲に心配ばかりかけていた。傍らには「おばあちゃん」と呼ぶ女性がいて、私はそのおばあちゃんと暮らしていた。両親は少し離れたところに住んでいた。おばあちゃんの家の離れには、「松井みさを」というもう一人のおばあちゃんが独り暮らしをしていた。

当時は、どこの家にもおじいちゃんやおばあちゃんがいた。そのため、自分の置かれた状況に違和感など持たなかった。これが当たり前だった。

幼稚園から高校まで、参観日などに来てくれるのは常におばあちゃんだった。家庭環境が他の人と特別違っているとも思わなかったが、成長と共にこの「おばあちゃん」が、両親の母親という意味での「おばあちゃん」ではないことに気づく。

育ての親であり乳母であることを正しく理解できたのは、小学校の高学年になってからのことだ。

小さい頃から両親の家に行くのは乳母と一緒でなければならず、一人で行ったことが乳母に知れると、寂しい表情を浮かべているのを感じ取っていた。そのため両親の家に一人で行くのは、子供心に悪いことなのだと感じていた。

生まれた時からこのような環境で育ったので、それが当たり前のことととらえていたが、成長するにつれて微妙な気持ちになることが増え、二人に対しての気遣いも深くなっていった。母の寂しさや乳母の不安を感じ取れるようになったからだろう。自分が成長するということは、母も乳母も年老いていくことを意味する。

私は、このような自分の立ち位置を変える勇気のない卑怯者だった。母を選べば乳母が悲しむ。今のままでいるしかない。周囲の人からは、私への気遣いや慰めの言葉ももらったが、母と乳母の気持ちを思うと、二人へのいたわりの気持ちが勝っていた。そして私は、父を含め三人の親を四年で見送った。

六十歳になった時、初めて、「私を産んでくれてありがとう」と素直に言えた。そして、母と乳母には、運命とはいえ、私の存在が二人を苦しめ、辛い思いをさせてきたことを、ただただ空に向かって謝罪したものだ。

遅すぎるかも知れないが、この年になって三人の親に育てられて幸せだったと思う。今日までの人生に心から「ありがとう」と言いたい。そして、この弱い私は、また明日に向かって自分なりに歩んでいきたい。

当時「バタバタ」と呼んでいたオート三輪の前で（筆者）

もくじ

緒言　岡山大学名誉教授　吉田 則夫　3
私の生い立ち　5
櫛橋きみさん　～幼稚園のおばさん～　12
尾田百合先生　～幼稚園時の担任の先生～　16
金澤政子先生御夫妻　～幼稚園時の主任の先生 御夫妻～　25
澤田八重子先生　～幼稚園を卒園後に赴任された先生～　30
山内常子先生　～小学一年、二年時の担任の先生～　34
有岡武夫先生　～中学二年、三年時の担任の先生～　38
鳩川晏弘先生　～高校時の国語の先生～　41
家永善文先生御夫妻　～高校時の生物の先生 御夫妻～　50
岩松空一先生　～大学での指導教官～　57

馬場鉄夫校長　～教員時代の上司～　64
仁王春樹校長　～教員時代の上司～　69
出田豊久校長　～教員時代の上司～　73
山本幸男先生　～県議会議員～　80
栗原英世先生　～眼科の先生～　85
室積義男さん　～お巡りさん～　93
岡本泰幸君　～幼馴染み～　98
陰山隼一氏　～レコード店ミヤコの社長～　106
ユージン　～パンアメリカン航空ＣＥＯ～　116
シャンタル　～サベナ・ベルギー航空客室乗務員～　126
アントニー　～南アフリカ大学 法学部教授～　137
島倉千代子さん　～あこがれの歌手～　148
〈特別手記〉辻井先輩　大学時代の後輩　大畑 修一　155
おわりに　158

わが忘れえぬ人

櫛橋きみさん　～幼稚園のおばさん～

幼稚園のおばさん。

昔は「小使いさん」とか「用務員さん」などと呼ばれていた人のことだが、今では差別的だとされて使われなくなった。

おばさんは毎日、朝玄関のあたりで私たちを迎えてくれる。みんな「おばさん、おはよう」と、おばさんにまとわりつくようにくっついて行って挨拶をする。おばさんも、一人ひとりの園児の身体に触れながら、「おはよう」「おはよう」と挨拶を返してくれる。

「おはよう」

「おはよう」

何人の園児と挨拶を交わしてくれるのだろう。

幼稚園は一年で卒園。担任の尾田百合先生から、小学校に入ると通知表があると知らされ、それを必ず見せに行くことを約束する。

その当時、私の通っていた幼稚園は小学校の敷地の一角にあった。同じ校門を通って右隅にある。つまり、小学校に入学しても校門を出ることなく校庭（運動場でもある敷地）の中を歩いて行けば、事故なく安全に幼稚園にも行ける。

在園中は「はなぐみ」だった。担任だった尾田百合先生は必ず職員室で待っていてくれたが、用務員のおばさんも待っていてくれた。玄関を入ると右手に職員室、左手が用務員室。玄関に駆け込むと、先生もおばさんも待ち構えてくれていた。

おばさんは、この用務員室に住み込みで生活していた。幼稚園に行くと、必ずこのおばさんに会える。

一学期、二学期、三学期の期末に渡される通知表。夏休み、冬休み、春休みの前日の修了式は、私にとって別の楽しみのある日。先生に会える。おばさんに会える。特別な日だ。小学六年の卒業の時には、お赤飯を作ってお祝いをしてくれた。中学三年の卒業の時も、高校入試合格祝いと併せてお赤飯を作ってもらった。

中学校は小学校から三〇〇メートルほどのところにあり、歩いて幼稚園を訪れた。

高校は二キロ以上離れていたため自転車通学をしていたので、学校の帰りに直接自転車で通知表を見せに行った。

ところが、高校二年の三学期末のことだった。春休みの始まる前日に通知表を持って行くと、用務員室は空っぽになっていた。この時に限って自転車を家に置いて歩いて出かけていた。尾田先生も金澤先生もとっくに転勤していたので、その後を継いで新しく来られた澤田先生とおばさんに会いに行き続けていたが、澤田先生もこの春で転勤だという。

ああ、もうこの幼稚園に来ても誰にも会えないんだと思いながら、澤田先生に「サヨナラ」を言い、校門に向かってとぼとぼと歩いている私を、澤田先生はずっと見送ってくれていた。

これからは誰も待ってくれてはいないんだ……。何度も何度も振り返って、手を振る。無性に涙があふれ、澤田先生の姿も幼稚園の玄関までもがかすんで見えない。

すると澤田先生が追いかけてきて、「おばさんの新しい家に連れて行ってあげる」と言われたが、次から次へと涙があふれ続けた。うつむいたまま私は「ウン」とうなずき、一緒に連れて行ってもらう日時を約束した。

春休みの間に、その約束の日がやって来た。おばさんの新しい家は、幼稚園からさほど遠くないところにある一軒家だった。

幼稚園とは場所が違うが、おばさんとまた会えたことで胸がいっぱいだった。この時も、おばさんはお赤飯を作ってくれていた。おばさんには某中学の教員をしている一人息子がいて、一年も経たないうちに姫路獨協大学に近いところに新しい家を建てて引っ越して行った。ここで息子家族と同居することになったが、その後も孫を連れてバスを乗り換え、私の家を度々訪問してくれた。

尾田先生からおばさんの悲しい知らせを聞いたのは、大学の時だった。

その頃は、尾田先生は結婚して森澤姓になっていた。尾田先生の家で金澤先生、澤田先生とおばさんを偲んだ。

おばさん、ありがとう。何も恩返しができずごめんなさい。

おばさんから教えてもらったことや、私のために時間を使い心を込めて作って下さったお赤飯が忘れられない。

尾田百合先生 ～幼稚園時の担任の先生～

人生最初の先生、それが幼稚園「はなぐみ」の担任の尾田百合先生だ。

昭和三十年頃、おゆうぎ、紙芝居など、幼稚園での先生は遠い昔のことで、おぼろげな記憶しか残っていないが、「舌切雀」のお芝居では、おじいさんの役をもらったことを覚えている。雀のお姫様は確か野村キミコちゃん、おばあさん役は阿波ジュンコちゃんだった。

紙芝居で鮮明に記憶に残っているのは、「フランダースの犬」と「幸せな王子」の二つだ。ネロとパトラッシュが大聖堂の中で天に召されていく。「幸せな王子」では、宝石を散りばめて輝いていた王子がみすぼらしくなり、王子の像が倒されていく。幼な心に、何とも言えず悲しい結末に涙を流した。一方、みんなで歌う時間は大きな弾んだ声で歌う。みんなの好きな歌、歌いたい歌、そんな意見を先生が聞

幼稚園のお遊戯で「舌切り雀」のおじいさん役だった筆者（右端の手前）

いて、一緒に歌う。

ある日のこと、いつものように尾田先生から「次、何、歌おうか」と尋ねられ、私が「『この世の花』、歌おう」と言うやいなや、「何言ってるの」と大きな声で叱られた。なぜ、こんなに厳しく激しい声で叱られたのか全く理解できず、私はキョトンとしていた。

家に帰り、その日あったことを報告する。その当時は誰もがそうしていただろう。

「今日、先生に叱られた」

「何？ 悪いことしたのか？」

「何もしてないよ」

「何もしないで、先生に叱られるはず

がないよ」

「歌を歌っている時、次、何、歌おうかって尋ねられたんで、ボク、『この世の花』、歌おうって言ったら叱れた」

それを聞いた周りの大人たちは、噴き出すように一斉に笑った。

当時はまだ、歌謡曲が低俗なものと考えられていたのだろう。ラジオから流れてくる歌に境界があるなんて、子供だった私は夢にも思っていなかった。

卒園の時、先生と小さな約束をした。

「小学校に入ったら通知表があるから、それを見せに来てヨ」

そう先生に言われた私は約束を守り、各学期の終わりには通知表を持って幼稚園に通い続けた。

福本先生、金澤先生が次々と転勤し、やがて尾田先生も。三人いた先生方はみんないなくなってしまったが、尾田先生の後に来られた澤田先生から、「これからも見せにきてネ」と言われた。

おそらく、尾田先生が澤田先生に伝言して下さったのだろう。私は、澤田先生と櫛橋のおばさんの顔を見るために通い続けた。私が通知表を持って行くと、澤田先生は幼稚園備え付けの電話で尾田先生の幼稚園につないでくれて、尾田先生の声を聞かせてもらった。尾田先生がおられなくなっても、澤田先生と櫛橋のおばさんに通知表を持って行ったが、ある時、突然、用務員室が空っぽになり、おばさんはどこかへ移って行ってしまった。そして澤田先生から、自分も転勤することになったと告げられた。

「ここに私の住所、書いてるからね。これからは年賀状を出しますね」

沈黙が続く。

「先生、長い間ありがとうございました」

澤田先生は黙ってうなずく。

城東幼稚園は城東小学校と同じ敷地内にあり、静まり返った校庭を校門に向かって歩いて行く。尾田先生との通知表の約束は澤田先生に引き継いでもらったが、この時を最後に幼稚園とのつながりが終わった。

高校二年生の時だった。脈々と続いてきた懐かしい幼稚園との思い出が、過去のものになっていくことになる。尾田先生と金澤先生には卒園以来ずっと年賀状を書き続けてきたが、新たに澤田先生にも出すことになった。

歳月が流れ、尾田先生は結婚して森澤姓に変わった。私が教師になり、自動車を運転するようになってからは、お宅に伺うようになった。娘さんが一人おられた。電話も月に一度程度かけていた。二〇〇一年五月四日、いつものように電話をかけると娘さんが出る。とっくに結婚して神戸に住んでいるはず。

「センセ、おられますか」

「イエ、旅行に行っています」

「旅行ですか、いつ帰ってこられますか」

「予定は決まっていません」

嫌な予感がする。その日から手紙を書き始める。三日に一通のペース。

「お元気だったらいいのですが、ご病気だったら……」

返事は来ない。「フランダースの犬」や「幸せな王子」の思い出。幼馴染みのヤッちゃんの話、そして、先生との約束した通知表のこと。書き続ける材料はヤマほどある。しかし、返事は来ない。

そんなある日、ベルギーから電話がかかる。友人のシャンタルだ。

「どうしたの」

声の調子がいつもと違う。

「お父さんが亡くなった。……早く帰ってきて」

「ワ、わかった」

大急ぎでベルギーへ向かう。

四週間ほど経って日本に帰ってくる。束にして届けられた郵便物の中に、森澤先生の手紙を見つける。急いで封を開ける。

大病を患っておられた。日付を見ると、私がベルギーへ向かって飛び立ったまさにその日だった。「しまった」という思いですぐに手紙を送ったが、やはり返事は来ない。二日に一通のペースで書いた。

十一月、娘さんから悲しい知らせが届いた。小さな白い箱に入って帰ってきた時にも、私の手紙が届いていたとのこと。胸が張り裂けそうな想いで叫びたい。

「センセの一番の教え子にして下さい」

毎日きびしい暑さがつづけていますがお変りなくお過ですか。
五月に感激的なお手紙をいただいてから三ヵ月が過ぎました。
その間何度あの手紙をよみ返し涙したことでしょう。
元気でハイキングに行ったり市民講座に行ったり一寸した
ボランティアに参加したりと主人が亡ってからの淋しさからやっと
立直って自分の楽しみを大切にしようと思っていた矢先
でした。直前まで老人会の草引きや花銀行の当番に
参加していたのに。少し食欲がおちたのと便の色が白く
なったので近くの医者に四月三十日に行き、検査の結果
直ちに日赤病院を指示されました。五月一日は日赤が
記念日でお休みでしたので二日に行きましたが即日
入院。処置をうけ管つきの生活になりました。二十三日に
十二時間近くかかった手術に幸いにも成功し九死に一生
を得ました。肝臓を半分と胆管を切りとりました。
胆管に悪性腫瘍が出来ていたそうです　経過はよかったの

森澤（尾田）百合先生からの最後の便り

尾田百合先生 ～幼稚園時の担任の先生～

さすが しばらくして 切りとった空間に胃が変型して
食事が出来なくなり 約三週間の絶食の後 やっと流動食
となり 少しづつ分量が増となり やっと七月三十一日に
退院となりました
全く お返事も出さなくて申し訳なく思っています。
病院内ではなかなか考えもまとまらず 根気もなくなって
なげやりな気持ちになったり 又せっかく助かった命なんだからと
前向きになったりと 不安定な気持ちでした 過ぎ去った
日々のことを思い返し 反省したり 楽しかったことを思い出し
たり ベッドの上だけの生活の中では やはりよい思い出は
薬にもまさるものでした 二十一年の勤めの中でやはり
忘れられないのは はじめて勤めた成東町のことです。
今年の春、金輪先生と偶然 おあいした時も あの
時代が一番なつかしいねと話しました。 どんどん進んで
行く(?) 時代の流れについて行けそうにもありませんが

心のあたたかい人とのふれあいは　物のあふれる今となって
は、表面的なものになってしまいがちです。それでも
これからは　私自身　いろんな人のお世話になりながら
生きていかねばならないのですから　自分自身の心だけは
素直に、人を信じ、あたたかな心でありたいと思っています
まだ〱　通院もありますし　家の中のことも充分でき
ない体調ですので　お電話いただいても出られないと
思います。もう少し体調がよくなれば　なつかしい声を
きかせて下さいね。いろ〱　心配をかけてごめんなさい
おそくなりましたが退院の報告だけさせていただきました
まだ〱暑い日がつづきます。どうぞくれぐれも
お体お大切に。

ては　文

八月三日

金澤政子先生御夫妻 ～幼稚園時の主任の先生 御夫妻～

「モシモシ、ツジイクンのお宅ですか」
「ハイ、ツジイです」
「ツジイクンですか」
「ハイ、ワタシです」
「私は○○高校の教頭のカナザワです」
「ハ、ハイ」
「私がカナザワと言っても、君にはわからないでしょうね」
「ハ、ハイ、存知ません」
「カナザワマサコと言えばわかるでしょう」
「ハイ、幼稚園の時から可愛がってもらっている金澤政子先生ですね」

「そうです、私の妻です」

「金澤先生のご主人ですか」

「ハイ、そうです。私の名前は金澤龍です。君、私の高校で働く気はないかね」

「ハッ、あまり突然なことで……」

「君は私の妻にずっと年賀状を届けてくれているね」

「ハイ」

「それで君の名前を記憶しているんだ」

これは私が教員採用試験を受けて間もなくの頃、二番目に自宅へかかってきた意向打診の電話連絡だった。

すでにその前にかかってきた電話での意向打診を受諾していたので、金澤龍先生の学校のご縁は成り立たなかった。金澤政子先生は「ほしぐみ」の担任であると同時に、主任のような立場であった。当時、城東小学校の校長先生が城東幼稚園の園長も兼任していた。この校長（園長）先生は飯塚清先生だった。

金澤政子先生は私の卒園後、二年くらいで転勤された。年賀状は欠かさず出していたので住所もわかっていて、折に触れて手紙が届き、姫路駅付近でお目にかかったり、尾田（森澤）先生のお宅で会ったりと、私のことを気にかけて下さっていた。

意向打診の電話連絡の後、金澤先生とは接点を持つこともなく、金澤龍先生のことは記憶の片隅にひっそりと残るだけであった。

やがて教員生活が始まるが、金澤政子先生とは時々お目にかかる機会を作ってもらっていた。ある時、お見合いの話を持って来られたことがある。

「主人もテルユキちゃんにはぴったりだと言って、私が写真をいただいてきたのよ」

相手は龍野の旧家、お医者さんの一人娘だった。両親に相手の釣書（つりがき）を見せると即座に言った。

「ダメ、相手方が立派すぎる」

この一言で一件落着。この件に限らず、次々とお世話をして下さった。

三十数年の教員生活も定年退職となる。これも人生の成り行きだ。退職後一件、二件と講演依頼を受けるようになった。

ある時、かつての上司であった出田先生から講演依頼があった。会場はたつの市にある西播磨文化会館で、西播磨高齢者文化大学の人たちへの講演だ。打ち合わせの段階で、常に訪問先の土地にまつわる情報を集めることにしている。今回は龍野だ。打ち合わせの時、出田先生に「私は龍野にまつわる知識はほとんどありません。『赤とんぼ』と『ヒガシマル醤油』、『ブンセン』それに『揖保乃糸』くらいです。個人的には幼稚園の時に可愛がってもらった金澤政子先生くらいしかつながりがないんですよ。そうそう、金澤先生のご主人は金澤龍先生とおっしゃって、かつて自分が教員採用試験を受けた時、金澤先生から電話をいただき教頭先生をされていて、そこの高校で働かないかと意向を尋ねて下さいました。遠い、遠い昔の思い出のヒトコマです」

「エェ、金澤先生かい！」

「ご存知ですか」

「私の結婚の時の仲人だよ」

「そんなことがあるのですね」

「それ以外にも、公私にわたってよく世話をしてもらったよ」

「不思議なご縁ですね」

「どこでどうつながっているか、わからない。本当に不思議なものだね。他人のお世話を自分から申し出て下さる方、世話を世話と思わず自分の人脈を大いに活用され、人助けをしておられた。

「実は私にもお見合いの話を持ってきて下さいましたよ」

私が幼稚園を卒園してからずっと年賀状を書き続けてきた結果が、御主人の目に留まり、約十五年間の年賀状の積み重ねが信用につながったこと、またそれが他の大切な人とつながっていたことを教えられた。

金澤龍先生はもう旅立っていかれ、政子先生は高齢者施設で余生を過ごされている。

龍野での講演の後、多くの方から金澤先生ご夫妻に就職、進学、結婚と多岐にわたってお世話になったという話を伺った。損得を考えず、他人のために尽力してこられていたことを、つい昨日のことのように語っていただき、私もその後姿を追いかけて、少しでも社会のお役に立てる生き方をしたいと思った。

信頼とは地道に誠意を積み重ねていく結果として得られるものだと、今さらながら感じさせられている。

澤田八重子先生 ～幼稚園を卒園後に赴任された先生～

毎学期の終わりには、通知表を持って幼稚園に行くことが習慣になっていた。担任の尾田先生、金澤先生、そして櫛橋のおばさんも待っていてくれた。やがて金澤先生は転勤、そして尾田先生も転勤してしまった。

そこへ、新しく移って来られたのが澤田先生だった。初めて会う先生だったが、「テルユキチャン」と親しく声をかけ、まるで教え子であったように可愛がってもらった。金澤先生も尾田先生も転勤でいなくなってしまったが、それでも澤田先生と櫛橋のおばさんに会いに行き続けた。

澤田先生は私の担任だった尾田先生に電話をかけてくれる。今のように携帯電話もなく、尾田先生が移っていかれた新しい幼稚園に電話をかけ、私に話をさせてくれる。通知表の内容は澤田先生が直接、尾田先生に報告。おそらく小学校や中学校より幼稚園のほうが、学期の終わりが一日か二日早いのだろう。幼稚園はシーンと静まり返っている。澤田先生や櫛橋のおばさんとしばし楽しい話をしてから帰る。

「尾田先生がおられなくなっても、私に会いに来てよ」

澤田先生との約束になった。その後、何年経っただろう。おばさんの住んでいた用務員室が空っぽになっていた。おばさんは幼稚園を辞めて、別の家に移っていった。そして澤田先生も……。

「私も今年、転勤することになったよ」

「転勤されるんですか……」

「私の住所、ここに書いておくから手紙を出してね」

黙ってうなずき、住所の書かれたメモを受け取る。

「サヨナラ」

静まり返った校庭をトボトボ校門に向かっていく。

振り返ると澤田先生は、ずっと玄関先で見送ってくれている。何度も何度も振り返って先生に手を振るが、涙で先生の姿がぼやけている。澤田先生は「テルユキチャーン」と言って追いかけてくると、「今度、櫛橋のおばさんのところへ一緒に行こう」と涙声で手を握ってくれた。尾田先生、澤田先生との約束が終わった時だった。転勤は大切な人を奪ってしまう。

その後も澤田先生のお世話で櫛橋のおばさんのお宅に伺った。その時、尾田先生とも久しぶりにお目にかかれた。それから何度か澤田先生が尾田先生と連絡を取り合って、櫛橋のおばさんの家で集まる機会をもらった。

人間の縁とは不思議なものだ。手紙だけでのお付き合いに留まっていたのだが、何年か後、偶然にも私の職場に澤田先生の娘さんが赴任してきた。その頃、先生は腎臓を患っておられ、透析治療を受けられていた。ご気分の良い日には、母娘で何度か訪ねて来てくれた。悲しいことに我が家に訪ねて下さるようになってから数年後、遠いところに旅立たれた。

先生からは人と人との出会い、ふれあい、あたたかさを教えてもらった。私が幼稚園児の時は全く見知らぬ人だったのに、澤田先生は、尾田先生、櫛橋のおばさんを引き継ぐ形で私を受け入れて下さった。人間の出会いというものは、こんなものかも知れない。

澤田八重子先生 ～幼稚園を卒園後に赴任された先生～

辻井輝行 様

お元気のご様子で何よりに存じます。
先日はすてきなカップをありがとう。
いつも却ってお気遣いさせてしまって
申し訳ないですね。
昨年いただきました鳥の横に並べました。
あの鳥の頭と同じ色でよく調和しています。
うれしいですがお気遣いしないでくださいね。
先年"長命寺"という所に参りました。
そしてこのものをいくつか求めまして
大切に思う人――恋人はいませんが
親とか……弟にあげました。貴方もお机の
中にでも置いてくださいますか。
一昨年いただいた"成金草"冬は屋内に
とりこみ元気です。最近一寸成長を休んで
いるのが気がかりです。
まだしばらくは寒い日もあることでしょう。
お風邪などひかれないよう気をつけて
頑張ってくださいね。
まずは御礼まで

澤田八重子

1997 3/1

澤田八重子先生からの手紙

山内常子先生 〜小学一年、二年時の担任の先生〜

幼稚園を卒園して、小学校一年生になった。

一年三組。担任の先生は山内常子先生だ。東西の道の北側に校門があり、そこから右に向かえば幼稚園だ。まっすぐ北に向かって歩いて行くと、小学校の玄関だ。幼稚園は平屋の木造だったが、小学校は二階建てだ。私たちの一年三組と一年二組は、二棟ある二階建て校舎の南にある仮設の教室だ。二組と三組は急ごしらえの仕切りで、粗末なベニヤ板で打ち、建てられたものだった。

私たちが教室の先生、教卓の方に向かうと黒板が不安定に掛かっている。急ごしらえのバラックの一棟は以前からの二棟ある二階建て校舎の南に付け足されたもので、その南が校庭、運動場だ。この仮設の校舎からは、運動場がすぐそばに見える。

週に一度、全校生徒の朝礼がある。何人かの先生が朝礼台に上がり、いろいろと話をされる。ある日の朝礼の最後に、教頭先生が「運動場に落ちている石を五つ、ヒラってから教室に入りましょう」と指示された。全校生徒が一斉に石を拾い、校庭の片隅の石捨て場に捨ててから教室に戻る。やがて担任の山内先生が入って来る。

「さっき、教頭先生が、石をヒラうって言われたけれど、ヒラうではなくヒロうと言うのが正しいんですよ」

「へェー」

言葉には決まりがあることを知った。まだ小学校一年生、勉強そのものが遊びの延長線上にある時期に「言葉の発見」を教えてもらった。この些細なことが、私の将来の学問への方向を示してもらえるきっかけになった。

私は幼い頃から歌が好きで、ラジオから流れてくる歌を一度聴けば覚えるようなところがあった。幼稚園の時も尾田先生のそばで時々オルガンを弾かせてもらった。もちろん童謡だった。私が大ファンになった島倉千代子の『この世の花』がラジオから流れてくると、メロディーが頭の中に浮かぶ。鍵盤でラドミミ、ミファミドシラと、とらえる音感を持ち合わせていた。このため、親は山内先生にピアノ購入も含め、将来音楽の道に進ませるのはどうかと相談していたようだ。

ある日、緑色の表紙のバイエルを与えられ、すでに買い与えられていたオルガンで練習することになった。

学校のピアノで山内先生と並んで座り、連奏をしてもらった。「イチ、ニ、サン、ハイ！」でスタートだ。山内先生は複雑な音符を弾いていく。私はリズムを取りながら単純な音階を叩いていく。無理！ 同じテンポに合わせようとしても、つい先生の複雑な音符に引きずられて狂ってしまう。それに、ピアノはオルガンとは勝手が違った。

「海のものとも山のものともわからないのに、高価なピアノを買う必要はない。時間を見つけて私が指導します」

これが、親の相談に対する山内先生の返事だった。こうして、何度も山内先生と連奏の指導を受けた。

私は幼稚園の時から土曜の午後と日曜の朝、習字教室に通っていた。ある土曜日の「おわりの会」で、山内先生は土曜と日曜の宿題を予想外の多さで出された。即座に私は、「今日も明日もお習字があるのに」と不満気に言った。

「お習字に行っているのはあなただけ、しんどい分、字が上手になるでしょう」

厳しい答えが返ってきた。自己主張、弁解をしてはいけないことを幼な心に学んだ時だ。

先生の家にも何度か伺った。最近、家は新しく建て替えられているが、表札の名前は今も同じだ。代が替わり、もう先生はおられないだろうが、若い世代の人が住んでおられる。

ピアノを習っていた頃の筆者（小学２年生）

有岡武夫先生 ～中学二年、三年時の担任の先生～

中学二年、三年の担任の先生。授業以外の課外活動などでも熱血漢の先生だ。放課後は、ほぼ毎日、校庭のテニスコートでテニス部の生徒とラリーをしたり技術指導をしたりして汗を流している。

時々呼び出しを受けるが、職員室ではない。テニスコートだ。生徒と全力でボールを打っては走る先生を遠くから眺めながら、先生が休憩するのを待つ。私は運動、スポーツ、体育とは全く別世界に生きており、なぜこんなことに情熱を燃やすことができるのか、全然理解できなかった。要はモヤシっ子だった。

運動場では、野球部や陸上部が大きな声を出して汗を流している。自分だけが制服で、周囲から孤立した存在だ。ホームルームや授業での穏やかな優しい先生の表情ではない。大きな声で怒鳴る。顔も険しい。ずっと後になって、自分の教師としての理想像がこの有岡先生だったことに気づく。

校内弁論大会でクラス代表になった時、原稿の点検に始まり、聴衆の前での話の仕方、表情の作り方などの指導を受けた。実際に会場となる体育館での指導も受けた。ステージの上に私、先生は一番先の出入口の所に立っての指導だ。

先生は「もっと大きな声で！」とか「もっとゆっくり、はっきりと」などと一生懸命に指導してくれる。真剣そのものだ。私も全身で先生のアドバイスを受け止める。先生の熱のこもった指導のおかげで、どうにか賞をもらった。教室に戻って全員着席をしたその前で、先生は先生独自の講評をして下さる。

「ツジイ君はみんなの知らないところで、一生懸命努力して頑張った。こんな（ひ弱な）ツジイ君が、あんな力強い大きな声で勇気を出して発表できた。私は努力賞もやりたいよ。サァ、みんな、もう一度拍手」

虚弱体質の私をこうして盛り立ててくれて、クラスのみんなも大きな声で拍手と共に「オメデトー」と喜んでくれた。

有岡先生は自分のした支援は全く口に出さず、生徒の努力、頑張りだけを全面に出して光を与えてくれる。こんな先生になりたいと、おぼろ気ながら感じるようになっていた。

「勉強しろ、勉強しろ」に終始する先生が多い中、授業やホームルーム運営など、いろいろなところで、全力で支えてくれる有岡先生。いくら厳しい言葉で叱られても、心がつながっているので、かえって厳しく叱られるほど、先生との距離は近くなっていく。

学級運営においても、私たちの意識を社会に向けるようなアイデアを出してくれる。社会活動、ボランティアなど、クラス独自のものを実行させてもらった。孤児院への訪問、年末にある歳末募金活動。こういった活動は、いつの間にか自分の思考の中に組み込まれていった。

教師を定年退職した今、自分が担任をして学級経営をしていた時、この有岡先生の方針を無意識のうちに真似していたことに気づく。残念なことに先生が引越しをされて、住所不明になってしまったが、今一度、直接お目にかかって元気で生きている私の姿を見てもらいたい。

鳩川晏弘先生 ～高校時の国語の先生～

私が国語の教師になったのは、紛れもない、鳩川先生との出会いがあったからだ。私の職業を決めてくれた人。この人と出会わなかったら、国語の教師になっていなかった。これは推測ではなく断定だ。

目指す高校に入って一番最初の授業が、この先生だった。

鳩川先生は颯爽と教室に入ってきた。まだ三十歳前後。明るい茶色のコーデュロイのジャケット姿で、スポーツ刈り。その第一印象は、キザ、そしてキザがぴったりの端正な顔立ちの先生だった。

「起立、礼」

そのすぐ後、無言のまま黒板の右端にこんなことを書かれた。

『郷愁の詩人』与謝蕪村

『日本語の年輪』大野晋

書き慣れた文字だった。先生は私たちに二冊の本を紹介して下さった。私は良くも悪くも、何でも疑うことなく受け入れてしまう。これは全く批判的精神がないことをも意味する。

その日の下校時、通学路にある浅野書店に寄って、この二冊の本を注文する。余談になるが、中学までは親に本を買ってきてもらっていたが、これが初めて自分で書店に行って買うことになった本だ。この一冊の大野晋先生の『日本語の年輪』によって、国語の新しい分野を知ることになる。それが将来の研究目標にまでつながっていくことになろうとは、その時は予測すらできなかった。

鳩川先生はハンサムでダンディー、そう、キザではなくダンディーなんだ。クラスの中で、キザとダンディーの違いを議論したことがある。キザにしてそれがサマになるのがダンディー。キザにしてダサイのがキザ。こんな定義をしてくれた仲間がいた。

先生は表情も変えずに皮肉を言う。クールな皮肉が随所に出てくる。そのせいであろうか、女子生徒より男子生徒からの人気が絶大だった。多感な年頃の私たちに

鳩川晏弘先生 ～高校時の国語の先生～

鳩川晏弘先生

とっては、この皮肉が心地良い響きだった。

　生徒というのは不思議な存在。先生を好きになると、どんどん成績が伸びる。鳩川先生は一年の時は現代国語の授業担当だった。おもしろいほど成績が伸びていく。この先生の現代国語だけは断トツで伸びていった。出来の良くない私だったが、現代国語だけはクラスメイトたちが一目置いてくれるようになった。

　二年になると、古典を教えてもらうことになった。そうすると、今まで苦手だった古典の成績が見違えるように伸びていった。自然のなりゆきで、国語に関する興味はどんどん広がっていった。数学の苦手な私は、三年では当然文系のクラスに入る。

私の通っていた学校はいわゆる進学校で、六時限の後に補習という名の七時限があり、ここに国社数理英の授業のヒトコマが延長として組み込まれている。文系クラスの理科は生物か化学、私はどちらも苦手で物理は理系クラスのみのため、私にとっては物理を選択することは不可能だった。そこで、物理の先生に直談判、頼み込んで補修七時限だけ理系のクラスに出向いて受けさせてもらえることになった。

ところが、理系での物理の補習の時間である七時限は、自分のクラスでは一番尊敬している鳩川先生の授業である。一番大切な先生をおろそかにしたくはないが、物理の先生に強引に頼み込んだ手前、あとに引くこともできず「補修は自由」という変な理屈をつけて、物理の授業（補習）を教室の一番後ろの出入口のところで遠慮がちに受けさせてもらった。

担任も含め諸先生方もこの状況を共有して下さっていて、暗黙のうちに了解となっていた。尊敬している鳩川先生だからこそ、かえって変な弁解はできないから、ただ、鳩川先生の授業の予習、復習は欠かさずやっていた。物理の授業（補習）で抜けたところは、クラスメイトからノートを借りて穴埋めもして、何かあればいつでも鳩川先生の授業（補習）を受けられるように準備だけはしていた。しかし、どうこう言っても鳩川先生の補習をサボっているのは紛れもない事実であり、先生の授業（補習）を軽視していると取られても仕方がない。

そんなある日、物理の先生が出張ということで、物理の補習が休講となった。物理の補習を特別扱いで受けさせてもらっていたので、物理の先生に感謝しながらも、その一方で鳩川先生に対しては申し訳ない気持ちを持っていて、常に苦しんでいた。国語の補習に出られなくても常に準備だけはしていたので、絶好のチャンス「こんな時こそ」の思いで鳩川先生の補習に臨んだ。弾む気持ちをググッと抑えながら、締め付けられそうな緊張感で先生の入室を待つ。先生がやって来られて即座に言った。

「ツジイ！　冷やかしに来たのか！」

「ハ、ハイ」

授業が始まった。この日の補習は、今でも鮮明に覚えている。例のクールな皮肉に始まり、授業内容が自らの将来への道を示してくれるものであった。私は全神経を集中して授業を受けた。この日の授業内容は、助詞「に」「へ」「を」の違いについて考えるものだった。

東京に行く
東京へ行く
東京を行く
階段に上る
階段へ上る
階段を上る

動詞の前に三種の助詞を置くことで、意味がどのように変わるかについて考えるものだった。これが将来、大学、大学院で助詞の研究をするきっかけとなった。

運の悪いことに、この日の補習は欠席が目立った。先生は補習の終わりに、黒板の左端に「今日の補習を休んだ者は、明日の昼休みに職員室に来るように」と書いて、黙って教室を去って行かれた。

私は辛かった。そして、うれしかった。先生はいつも欠席者への注意をしたかったのに、これまで私のせいでできなかった。

私はたまたま補習に出たのに、注意を免れるのは辛い。同時に先生の私への思いやりが痛いほどわかる。今日、たまたま私が出席した結果、先生が普段から思い続けておられた指導ができることになった。

翌日、昼休み、昨日サボった級友の後について職員室に行った。もしかしたら今回初めてサボった者が注意を受け、たまたま出席した自分が注意を免れる。そんな揺れる心のまま、みんなの後を隠れるようについて行く。

色白の先生の顔が紅潮している。みんなの後ろで小さくなっている私に言う。

「お前は昨日、出席していた。カエレ！」

私が「あの……」と言い出そうとしても、「カエレ！」の一言。大好きな先生だけに、先生の気持ちもよくわかる。一方、仲間への申し訳ない思いが交錯して、自分の頭の中が混乱していた。おずおずと職員室を出る時、「こんな国語の先生になりたい」と思った。

私はある面、頑固。機嫌取り、おべっかは嫌いだ。じっと高校三年の自由登校の日を待つ。二月になれば自由登校が始まる。先生はいつも職員室に一番乗りだ。自由登校が始まった初日、職員室前で先生が来られるのを待ち伏せた。先生が来られた。姿を見るとすぐに駆け寄り「おはようございます」の挨拶に続き、先生の補習授業を軽んじる結果になったことを深く謝罪した。これに対する返事がまたカッコよかった。

「私に気を遣う暇があれば、入試で結果を出せ」

くどくどと言われることもなく、たったこれだけ。情況を把握していても口先だけの甘い言葉など全くなく、厳しくも優しい教師像を示して下さった。この瞬間、私は「絶対、こんな人格を備えた国語の先生になる」と決意した。

先生は若い頃から何度も大病を患われていたそうだ。私が教師になってからも体調を壊され、ささやかなお見舞いを届けたことがある。その時のお礼の返事と共に、『受験講座 小論文』85／10月号（福武書店）を届けて下さった。その巻頭エッセイ「万葉集歌の背景」は、今でも繰り返し読み返している。そこに揚げられた先生の写真は、私が高校時代に教えていただいた、そのままの端正な面立ちのお顔だった。生前にこのお礼が伝えられなかったことが悔やまれる。

後日、ご遺族には、この逸話をお伝えした。

鳩川晏弘先生 ～高校時の国語の先生～

９月に入ってからも大変な暑さが続きましたが、今日の雷雨でやっと人心地がついた思いです。先日は御丁重にお見舞いをいただき、深く感謝しております。

発表されたものも見せていただきました。ずいぶん熱心にやられているようですね。私の方は雑用に追われ、特に最近は勉強らしい勉強もしておりません。先日頼まれて書いた『万葉集』についての雑文が載った小冊子が今日出版社から届きましたので、送ります。暇な時に御覧下さい。

２学期はいろいろな行事で忙しい時期です。元気で御活躍ください。

９月７日

鳩川晏弘先生からの手紙

家永善文先生御夫妻 ～高校時の生物の先生 御夫妻～

「ネェ、ツジイさん。私の主人のこと、知っているでしょう」

職員室で背中合わせに座っている家永先生から、声を掛けられた。私は某高校に赴任して、まだ間がない頃だった。

「エッ?」

「あなた○○高校出身でしょう」

「ウン、マァ、落ちこぼれだったけれど」

「私の主人に教えてもらったでしょう」

「イエナガ先生ですか」

「そう」

「あの生物のイエナガ先生ですか」

「そうよ、私の主人ですよ」

「そんなことないですよ、あのイエナガ先生は、とても若い先生ですよ」

自分が高校時代教えてもらったイエナガ先生は、とても笑顔が爽やかな若い先生だった。まだ、三十歳だったと思う。

「あんたネェ」

急に家永先生の言葉が崩れてくる。

「生物のイエナガ先生ですよね」

念を押すように確認する。

「そうよ」

家永悦子先生は、笑いながらうなずく。私は普段から彼女を「エッちゃん」と呼んでいる。

「エッちゃん、イエナガ先生はエッちゃんみたいな年寄りじゃないよ」

失礼なことを言ったものだ。エッちゃんは吹き出すように笑った。

「ツジイさんネェ」

エッちゃんは、笑いこけるように続ける。

「ツジイさん、あんた、主人に教えてもらって何年経ったと思ってるの」

「そっか！ ナットク」

「ツジイさん、不思議なご縁ですねェ」

「高校の時は十七歳、今は三十八歳。もう二十年経ってるんだもの、早いものですね」

「エッちゃん、あの当時、家永先生と鳩川先生が生徒の人気を二分してたんですよ。○○高校は年寄りの先生ばかりなのに、この二人の先生は若くて人気がありましたよ。特に家永先生は女子生徒に絶大な人気がありましたよ」

　この会話をきっかけに、恩師家永先生とのおつき合いが復活した。

　御主人でもある家永先生は、私が高校生の時の恩師で生物の先生。昔から背が高く、顔が小さく、肩幅が広く、少し日本人離れした体軀、女子から絶大な人気があったのも、うなずける。

　失礼ながら舌っ足らずの可愛い話し方をされていたが、今もそのままだ。生物に関する学問的知識は実に豊かで、植物でも鳥類でも質問すれば、単に名前だけでなく、それにまつわる幅広い内容を教えて下さる。尾瀬にも連れて行ってもらった。

尾瀬にて（家永先生と筆者）

野鳥観察にも連れて行ってもらった。

華やかに咲く花、ひっそり咲く花、どれも心魅かれ癒される。しかし、それで留まり、調べるところまではいかなかった。木の枝に鳥が止まっていても、注意して見ることもなく、やり過ごしていたが、時代の流れで携帯電話にはカメラの機能が備えられているのが当たり前になった。

先生に鳥の観測に連れて行ってもらったりするうちに、鳥への関心も生じてきた。珍しい花や鳥を見つけるとすぐ写真に撮れるし、それを先生に送ると即座に答えが返ってくる。写真に撮れる時ばかりではない。特に鳥はすぐに飛んで行ってしまうことが多い。観察力の乏しい私が「スズメより大きい」とか「スズメよりほっそりしている」とか「色はココアのよう」「クチバシがクロ」と伝えるだけで、すぐに鳥の名前がわかり、同時にその鳥の習性まで教えていただける。

遅まきながら近頃は、高校生の時には全く興味がなかった自然の中の動植物に関心を持てるようになってきた。

家永先生は、最近は、かつての職業の延長線上にある自然観察のいろいろなサークルの指導者として活躍されている。エッチャンママはというと、音楽に、また健康のため運動にも日々勤しんでおられる。傍で見ていても、いつまでも青春を楽しんでおられる。そんな御夫妻だ。バレンタインデーが近づいてくると、先生の運転で隣にエッチャンママが座り、チョコレートを届けて下さる。

「先生もチョコレートをもらわれましたか」

「チョコレートより、もっといいものを毎日もらってますよ」

笑顔で寄り添うお二人だ。秋の祭りの時は、手作りのお寿司、これもお二人で届けて下さる。

かつて職場で苦しんでいた時、エッチャンママに適度な距離を保ちつつ支えてもらったことがある。教育現場の実態は、いじめの上に成り立っている。そんな中で助けてもらい続けた。管理職は保身のみ、管理職を目指し、教頭や校長にすり寄っていく者を側近として固め、時として校長室は告げ口、悪口の収集の場と化している。ハネのけられた者たちの声は一切聞いてもらえず、そんな中で苦しんでいた私をそっと支えて下さった。世の中、主流派、体制側になびいていくものである。そのような中で正義の言動は無視されてきた。私を守り、助けて下さった数少ない人だった。

恩師の御主人も同じ。肩書を求めることもなく、校長や教頭など意に介さなかったようだ。姫路城の原始林の調査をはじめ、自らの研究のためにエネルギーを注いでこられた。姫路科学館の館長や大学での講師など、県教委とは無縁のところから要請を受けて実績を積んでこられた。自ら肩書を求めるのではなく、先方から請われての就任だ。純粋に豊かな学識のみを追い求めていかれた姿は尊敬しているし、自分自身もそうありたいと願っている。

今も、恩師の先生からは苦手な自然の植物や野鳥について、エッチャンママからは優しさ、いたわり、そして感謝の姿勢を教えてもらっている。

家永先生の著書
『ひめじの野草』

『ひめじの野草』の見返しに
書かれた筆者へのメッセージ

家永先生の著書『はりまの植物』

岩松空一先生 ～大学での指導教官～

大学での専攻は「萬葉集」「上代語の研究」だった。この道に招いて下さったのが岩松空一先生だ。私は文学的センスを全く持ち合わせていなかったが、鳩川先生に勧めてもらった『日本語の年輪』という本との出会いから、語学への興味、関心は強かった。

岩松空一先生

岩松先生からは、語学に関する研究分野の存在を示してもらった。

学問一筋の学者肌の先生で、冗談や世間で話題になっていることには疎い方だった。先生の頭の中は「萬葉集」と、その周辺の学問のみで、趣味は囲碁だった。それ以外のことはほとんど興味がないように思えた。私が世間で流行していることを話題に取り上げても、穏やかに笑うだけで全く話に乗ってこない。全然わからないというのが実態だ。東大出身で、金田一春彦氏と同じ研究室だったそうだ。そして、私が高校時代に出会った『日本語の年輪』の著者である大野晋氏とはある意味対照的な存在だった。

私は岩松先生に可愛がってもらっており、二回生の時には、四回生が研究室で受ける講義にも受講を認めてもらった。萬葉集の研究だけでなく、石塚竜磨の「仮字遺奥山路」や「萬葉集略解」なども、早い段階から学ぶ機会を与えられた。そのため、二回生の時に沢瀉久敬著『萬葉集注釈』や『時代別 国語大辞典 上代編』なども買い求め、自分の傍に置いていた。先生からの依頼で、「萬葉集」の助詞の分類調査の手伝いもした。そのような経緯で、二回生の中頃には卒業論文のテーマらしきものが見えてきた。

ご自宅は西宮にあるが、大学の近くに家を借り、奥さんとお母さんの三人で暮らしておられた。しばしばお宅に招待され、特にお母さんから可愛がっていただいた。胆のうの摘出手術を受けられた時には、その退院の日にも招かれた。

このように、私は岩松先生から特別目にかけてもらっていたので、他の教官の先生方の間で、私の指導教官は岩松先生に決まるというのが暗黙の了解となっていた。本来三回生の終わり頃に指導教官が決まるのだが、私は二回生の時から決まっていた。これは恵まれたことで、他の学生よりも早く卒論に向けての準備が進められた。

岩松先生の講義の中で興味を持つのは、「言葉」にまつわることに終始していた。四回生の中に二回生の私が紛れ込み、先輩の勉強の仕方も傍で学ばせてもらった。講義の合間に、「萬葉集の中で、どの歌が好きか」とよく尋ねられたものだ。先輩たちは岩松先生の学術論文をすでに読んでおり、先生が考察した「この花のひとよ」考（巻八）とか「稲つけば可加流あが手」考（巻十四）の句が好きな句だと、口を揃えて答えていた。私は先生の顔色を見るわけでもなく、こう答えた。

「ささの葉はみ山もさやにさやげども　我は妹思う別れ来ぬれば」

「香具山は畝傍ををしと耳成と」

その時「ささの葉は」の当時の発音は「シャシャノファァーファァ」と教えられた。「サ、シ、ス、セ、ソ」は「シャ シ シュ シェ ショ」だったということだ。当時の発音と今の発音が違っていたことや、どうして当時の発音がわかるのかなどといったようなことを教えてもらったが、教えてもらうだけの一方通行で、自分の頭の上で通り過ぎていくだけだった。疑問もなければ反論もない。しかし、先生の講義を通して「言葉」への興味がさらに強くなっていった。また、「まつげ」は「目の毛」、「みなと」は「水の戸」などと、言葉の成り立ちもわかりやすく教えてもらった。

基本的には、三回生の終わりに次年度の指導教官が公表され、四回生になってから卒業論文のテーマが決められる。私の場合、二回生の時から岩松先生がご自分のほうから私の指導教官を受ける腹づもりでおられたようで、資料集めも指導のもとコツコツと進めていけた。その結果、四回生になった時には卒業論文の論旨がほぼ出来上がっていた。親しく、きめ細かな指導をしてもらい、「上代助詞の研究」が私の論文のテーマとなった。

岩松空一先生の著書
『万葉余滴 やまとことば』

大学を卒業してからも交流していただき、しばしば西宮のご自宅に通った。二〇〇四年刊行の先生の著書『万葉余滴 やまとことば』では、原稿整理や校正でお手伝いをさせてもらった。また、いろいろな集まりや会合にも招いていただき、常に私のことを「一番弟子」と紹介して下さった。また、園田女子大学で学部長をされていた頃に非常勤講師の空席があり、私にその席を与えていただいた。

やがて、助教授を公募することになった際、他の大学の先生からその情報を教えてもらい、その先生は岩松先生が間違いなく、私のことを推薦してくれるものと信じておられた。しかし、岩松先生は公募のことすら教えて下さらなかった。岩松先生が推薦してくれていたら、無条件でその席を手にすることができたらしい。後日、先生から公募の件の話をされ、気まずそうに「私が君を推薦することで、敵を作りたくなかったから」と返事が返ってきた。

学問においては一流であっても政略は非常に嫌われ、教え子を引き立てることには無関心であった。岩松先生の言葉に、大きな失望と共に大学内部のドロドロした闇の部分を感じ取った。大学への道を希望する情熱が、一瞬にして失せてしまった。

やがて先生も退職されることになり、自らの教育基金で萬葉集の研究を目指す若者を育てたいと語られた。その時、「今、やっと君を大学のポストに据えるべきだった」と涙ながらに言い、自分の研究と自らの保身のみに走り、教え子を育てようという思いに至らなかったことを悔やんでおられた。

岩松先生は、私にとっての学問の師であるが、同時に私は「人を育てることの大切さ」も教えられた。ちなみに大野晋先生のことが想起される。

日時までは覚えていないが、出勤前の朝七時半頃、自宅に電話が鳴った。

「こんな忙しい時に……」

思いながら受話器を取る。

「モシモシ、辻井君のお宅ですか」

「ハイ、私が辻井です」

「私は大野と申します」

「ハイ?」

「学習院大学の大野晋です」

急に脚がヘナヘナと崩れ落ちた。非常に艶のある声だ。

「君は東京へ出てきて、私のもとで一緒に研究をしませんか」

あまりにも突然のことで言葉を失いかけた。

その当時、私は世話をすべき高齢者三人を抱えており、姫路を離れることができない旨をお伝えして、丁重に辞退した。

国語国文学会で、金田一先生や大野先生が出席されている前で私が拙い口頭発表をしたのを、目に留めて下さったのだろう。当然のことだが、岩松先生は金田一先生も大野先生もよくご存知だ。遠くからしかお目にかかったことのない大野晋先生から一緒に研究しようという申し出、それに比べて岩松先生、いや不満は言うまい。岩松先生の指導があったからこそ、こんな著名な先生方とお目にかかれたのだ。高校生になってすぐに紹介された『日本語の年輪』の著者、遠い遠い遥か彼方の存在だった先生に、ぐっと距離を縮めてもらった瞬間だった。

馬場鉄夫校長 ～教員時代の上司～

もう、こんな校長は現れないだろう。

強面で強引に引っ張っていく方だった。もともとは国語の先生だ。ある時、校長室に呼ばれた。

「君は、よくやってくれている。今のままでやっとくれ。もし、何かあれば私が責任を取る」

その当時は、まだまだ人間関係にあたたかいものがあり、職場もなごやかだった。信頼関係が基盤にあった。親分肌の先生で、時間があれば廊下を歩いて教室の様子を見て回る。中庭の草抜きを授業中にして回る。授業の雰囲気を掴もうとされていたのであろう。生徒を把握する、教師を把握する。その為に時間を見つけては校舎を見て回る。

ある時、校長室に行くと、生徒の顔写真帳を二種類作っておられた。一つは、一年一組から順に三年までのクラス別のもの。もう一つは、一年から三年までの枠を外し、五十音順に並べていく。この二種類の写真帖だ。名前だけを耳にした時、学年や組がわからなくてもすぐに所属がわかるからだ。

教育委員会に支配され、各部署から求められる似たり寄ったりの書類の提出や雑務ばかりに追われる校長が多い中、少しでも生徒に寄り添い、教師の姿勢を知ろうと努めた校長だった。また、「学校の仕事にまつわること以外の勉強もしなさい」ともよく言われた。単なる教材研究だけでなく幅広い教養、知識を身につける。さらに論文を発表することも勧めてもらった。

この校長が東播磨高校を定年退職。その数年後、私も転勤。馬場校長は漢文、漢詩が専門で、新しく出版された本をわざわざ自転車で私の新しい赴任先まで届けて下さった。私が仕えた校長の中で一番朴訥、骨太、飾りっ気のない人物だった。

夏、冬のご挨拶はずっと続けていたが、ある時から留守がちになった。お届け物を依頼しても、なかなか一回、二回では届かなくなった。そして、やがてご家族から、旅立たれたことを伝えられた。信念を持った方だった東播磨高校初代校長。

二十周年の時、立派な時計を贈られ、玄関受付のところに立てられていた。二十五周年の式典に参加する旨、連絡があった。私は一度離れた学校には余程のことがないと出向かない。

「君は出席しないのか？」

「ハイ、一旦離れた身です。綺麗な思い出が崩されたくないのです」

「君と会えないのが残念だョ」

後日、手紙が来た。

「私の考え間違いだった。行くべきではなかった」

私からの返事。

「先生が作り上げた高校であっても、その苦労を今でも知っている人はもういないのですよ。夢は夢のままでおいておきたいです」

熱意を込めて築き上げたその情熱、苦労を知る人もなく、失意だけを感じて帰ってこられたことが、いとおしくてならない。

馬場校長とは、私的な交流もさせてもらってきた。先生は漢文が専門で、漢詩を詠まれる。光栄なことに「続 鰲山詩稿」の中に「与辻井君」と身に余る詩を掲げて下さっている。

初任で東播磨高校にお世話になった頃、私は病弱で職員会議の席で私を庇うためであろうか、「体力も実力の一つだ」と諭されたことがある。それ以来、校庭でのジョギングを始めた。目を細めながらその姿を眺めて下さっていたと、当時の中河教頭から知らされたことがある。職場は厳しいものだった。一方、私生活においては心静かに詩を詠み、尺八を奏でる先生だった。

私も当時の馬場校長先生と同じ老境の域に入った。若き日にこの先生と出会えたことで、教師生活とそれを支える私生活の有り様を示していただけたように感じる。

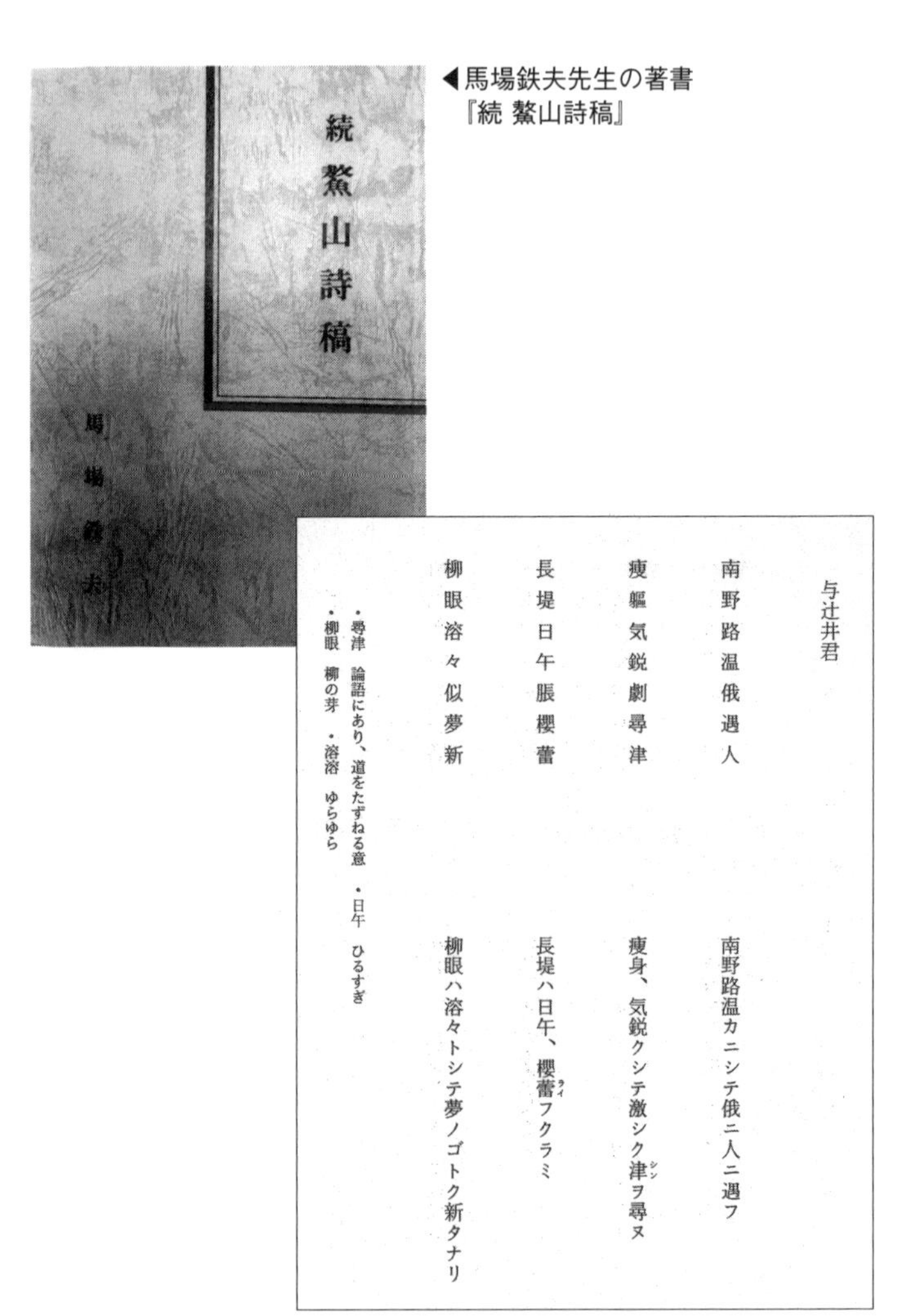

◀馬場鉄夫先生の著書
『続 鰲山詩稿』

与辻井君

南野路温俄遇人
痩軀気鋭劇尋津
長堤日午脹櫻蕾
柳眼溶々似夢新

南野路温カニシテ俄ニ人ニ遇フ
痩身、気鋭クシテ激シク津ヲ尋ヌ
長堤ハ日午、櫻蕾フクラミ
柳眼ハ溶々トシテ夢ノゴトク新タナリ

・尋津　論語にあり、道をたずねる意　・日午　ひるすぎ
・柳眼　柳の芽　・溶溶　ゆらゆら

馬場鉄夫先生から筆者への漢詩（同書69頁）

仁王春樹校長 ～教員時代の上司～

「元気ですか」

かつて私を可愛いがってくれた仁王先生が、突然、自宅まで来て下さった。いつもはスマートで明るい色調の軽四で来て下さるのだが、その日は自転車だった。

「君が大ファンの島倉千代了のブロマイドを買ってきたよ」

東京へ行かれた際、ブロマイドの専門店「マルベル堂」へ行って私のために手に入れて下さったのだ。仕事で行かれたのか、別の所用で行かれたのかわからないが、常に心の片隅に私のことを置いて下さっている。定年を迎えられ、数年経ってからの訪問だ。

仁王校長の下で働いていた頃、私はしばしば原稿の点検を頼まれていた。印刷用原稿はいつも推敲を重ね文脈も練られていて完璧なものだったが、読み原稿の時には気になるところが稀にあった。それを指摘すると、より良い言葉に改められる。

「実は私もそう思ったんだけれど、その語は舌を噛んでつっかえ、つまってしまうんですよ」

「それなら、このままでいきましょう」

仁王校長はどんな原稿も文章を錬り上げ、特に話し原稿は何度も読み返しておられた。私はすぐ取り下げたが、校長先生は私の意見を尊重して下さり、つっかえるのを承知で壇上で読まれる。案の定、その部分でつっかえられる。しまったと思うが、あとの祭りだ。余計な意見を伝えたと後悔しきりだ。

同じようなことは何度もあり、私の気遣いに対し、それ以上に気を配って下さる。仁王校長は艶と張りのある声で、発声もアナウンサーのように明瞭で、とても聞きやすい語りをされていた。

退職後、奥様同伴で何度か夕食に誘われたこともある。親しいおつき合いをしていただいていたが、ある時、大病を患われたらしい。心配させてはいけないと、私にひた隠しにされていた。その気持ちが痛いほどわかるので、あえて知らないふりをしていた。それ以降、自動車に乗るのを止め、自転車に替えられたのだ。

十二月に先生から贈答品が届いた。電話をかけてもつながらない。何度も何度も連絡を試みた。そうしていたら、聞き慣れない男性の声が受話器の向こうから聞こえてきた。私が自分の名前を告げると、よく知って下さっている様子。奥様の弟さんとのこと。校長先生の突然の不幸を知る。奥様の弟さんが同じ敷地の中で隣接して住んでおられた。

先生から教えていただいたわかりやすい言葉。

「入浴してまっ先に足を洗う。身体を支えてくれている足にありがとうの思いで大切に洗う」

「老いの坂は上っていきたいね」

校長にまで登りつめた人が部下の私が島倉千代子のファンであることを知って、わざわざマルベル堂まで出向き、ブロマイドを買い求めて下さる。校長として話す原稿に完璧なまでに気を配られ、それでいて部下の趣味にまで配慮して下さる。私にとって、とても大切な校長先生だった。

先生亡き後、奥様と校長先生の思い出話をしてきたが、その奥様も校長先生のもとへ旅立たれた。

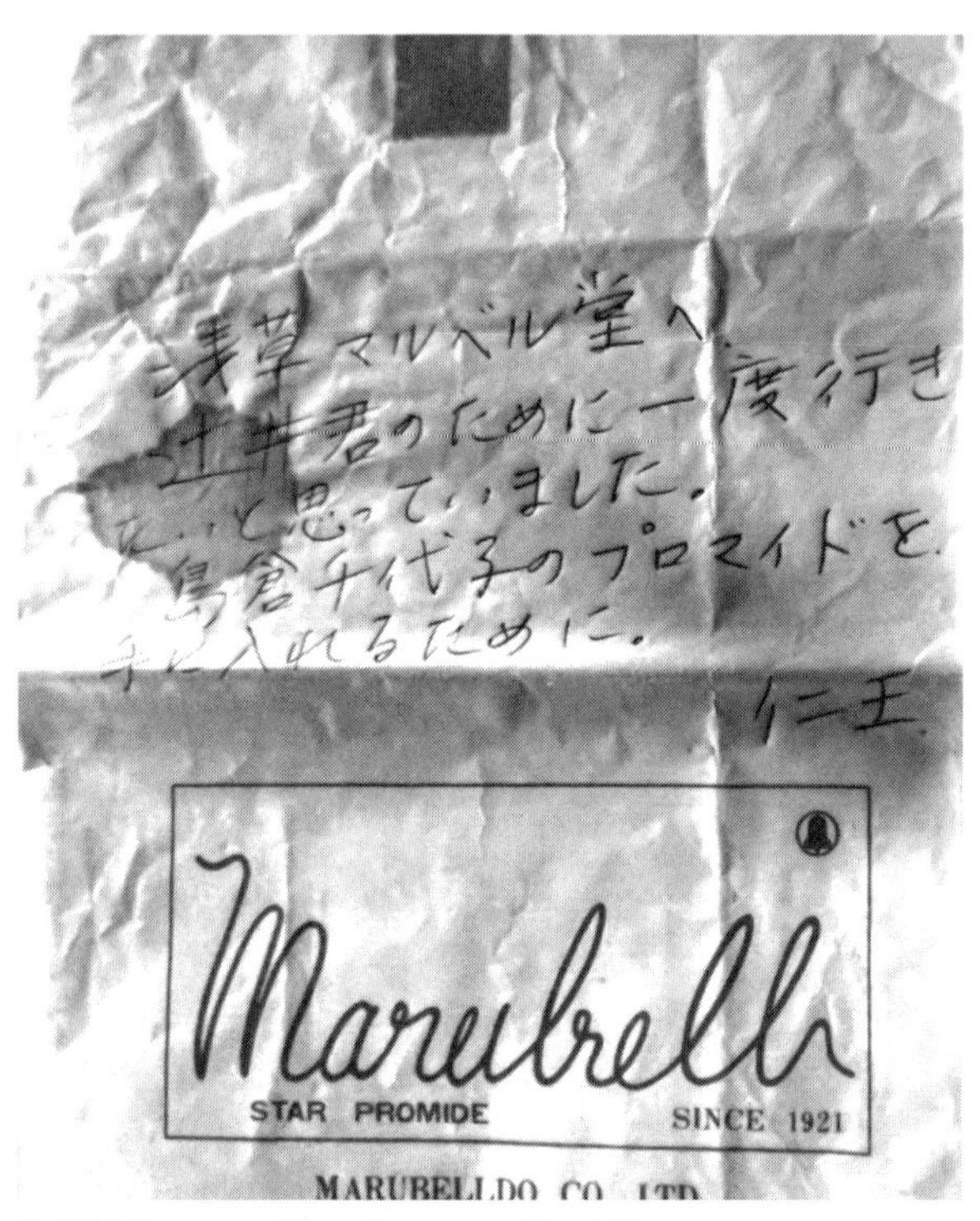

仁王校長のメモが入ったマルベル堂の封筒

出田豊久校長 ～教員時代の上司～

異例の一月に、教頭として私たちの学校に着任された。

学校という社会では、一月から三月までが最も複雑で多忙な時期である。同じ行事であっても学校によって大きく異なるので、勝手が違って戸惑われることも多いだろうと、私なりに気遣いをしていた。

出田教頭は、私と同様、肩こりがひどいようで、首筋にも肩こり用のエレキバンをしばしば貼っておられた。一日も早く学校に慣れようと努力され、笑い声は少し乾いた声で、いつも穏やかな表情を振りまいておられる。ただ、疲れがたまってくると目に表れる。私がそれに気づいて「無理されませんように」と言っても、まだまだ本音を出されず、飛び回っておられた。

次第に私のことを理解して下さるようになり、私があずかっている「こころの悩み相談室」に入って来られるようになった。コーヒーを入れるのだが、ほとんどの場合、一口か二口、口をつけられ、次の用事のため飛んで行かれる。教頭という立場の忙しさを、この出田先生の姿から垣間見ることになった。時には疲れた表情のみで無言でやって来られる。また、ある時は「疲れた」と言って入って来られる。「ココロを癒して！」と言って来られる時もあった。

ある時、疲れきった表情で、というより憔悴しきった様子で来られた。少なくとも、私にはそう映った。

「コーヒー、最後まで飲んで下さい。タダのコーヒーだから、飲みかけで出ていかれるのでしょう。次から途中で残していかれる時は料金をもらいますよ」

この逆治療で、少し表情に紅がさしてきた。

次の日、私が大ファンである島倉千代子の一番新しいアルバムをプレゼントした。その日はいつだったか覚えていないが、年だけはわかる。曲の「君」がトップに入っているアルバムは二〇〇二年の四月と二〇〇二年十月の二枚だ。次のCDは二〇〇三年なので、この間であるのは間違いない。

おそらく頭の中は空っぽで、このＣＤをかけられたのだろう。そして一番最初に流れてきた「君」のメロディーに慰められたのだろう。曲も詞も関係なく、ただ一番最初に流れてきた曲だったから心に届いたのだろう。それ以来、事あるごとに、あの「君」という曲が好きだとおっしゃっていた。私は島倉千代子の大ファンなので「君」という曲が出来た背景も知っているが、出田先生は自らの「心を癒してくれた曲」として受け取られている。

やがて、出田先生は転勤して次の高校に移って行かれた。しかし、先生とのおつき合いは、その後も絶えることなく続いていた。校長試験の時には、「体制と態勢」という現状と理想について語り合った。

私は六十歳で退職、その後も折に触れて交流をしていただいた。もったいないことに先生は、私には全幅の信頼を寄せて下さっている。

ある時、私が「校長先生、おめでとうございます」と電話すると、「ウッソウ、ナンデシッテルノ！」と言われた。お慶びは一刻も早いほうがいい。

また、こんなこともあった。

「校長先生、お帰りなさい」

「ウッソウ、ナンデシッテルノ！」

前任校に異動で帰って来られた時の電話だ。私はとっくに退職して学校現場から離れていたが、いろいろなところからさまざまな情報が届く。出田先生は、私のアンテナの高さに驚いておられたようだ。

私はこっそり一つの企画をすることにした。先生の「心の歌」である「君」をもう一度、ＣＤのアルバムに入れてもらい、校長就任のお祝いにすることだった。幸い、私には芸能界に力を持っている親しい人がある。また姫路のＣＤショップミヤコでは常に島倉千代子のＣＤを大量に買っているので、コロムビアも私の存在を知っている。日頃の貢献が効を奏し、次のＣＤアルバムに「君」を入れてもらえることになった。企画会議で決まったことを知り、先生に電話をする。

「先生の校長就任の記念に、次の島倉千代子のアルバムに『君』を入れてもらうことが決まりましたよ」

「ウッソゥ、それホント?」

「そう、たった今、連絡がありましたョ」

「今、サンパツ屋さんなんだ。後でこちらから電話するから」

校長先生がかつて教頭の時、仕事に疲れ、島倉千代子の「君」で癒されたことは、ファンの私にとっても光栄であった。そして、お金では買えない思い出のアルバムを多くの人たちのお力添えで製作してもらえて私も鼻高高だった。これは今でも語り草になっている。

出田先生は、機会あるごとに私のボランティア活動に光を当てて下さる。私のボランティア活動であるベトナム人との交流にスポットライトを当てて下さり、たつの市にある西播磨文化会館で「ベトナム料理の講習会」の機会を与えて下さった。また、西播磨文化会館に設置されているゆうゆう学園（西播磨高齢者文化大学・大学院）の教育講座で、私に講演の機会も与えて下さった。この時、打ち合わせの段階で「私はたつのにまつわる知識はほとんどありません」と伝えた際、金澤先生の名前を口走った時、「エッ、金澤先生かい！」と言われた。

「ご存知ですか」

「ウッソゥ、私の仲人さんだよ」

「そんなことがあるのですね」

「それ以外にも公私にわたたって大変お世話になったよ」

「不思議なご縁ですね」

こんな会話でさらにおつき合いの距離が近くなった。

常に私の小さな活動に光を当てて下さり、「ソロプチミスト姫路西」を通して「社会ボランティア賞」に推薦していただいた。私の生涯において最高の勲章だ。

また、こんなつながりもある。ある時、私の友人から靴職人の菅野氏を紹介された。彼はドイツで修業して、何度かマイスターとしての賞を受賞しているが、悲しいかな、知名度が低く、世間に知られていなかった。菅野氏は「自分の技術には自信を持っているが、悲しいことに誰にも認めてもらえない」と悔やんでいた。

そこで私は、出田先生へのプレゼントとして菅野氏に靴の依頼をした。当然のごとく彼は喜んで出田先生の足の計測や好みのデザインや色を聞き、数か月後に出来上がった。これも後でわかったことだが、出田先生の御令嬢が以前靴の修理をしてもらったことがあったそうだ。しかし、その時は菅野氏がこれほどの靴の技術を持った匠であったとは知る由もなかった。

出田先生からは人とのご縁、つながりの広さを学ばせてもらったのと同時に、誠実なおつき合いの大切さを今もなお、教えてもらっている。

私のことを「徳」「人徳」のある人、と言って下さる。何十年も忘れていた「言葉」だ。幼い頃、周囲の大人から、しばしば「この子はトクのある子だ」と言われ続けていた。しかし、子供の私にとっては意に介することもなく、意識の外にあった。それが出田先生から約半世紀ぶりに耳にした。「徳」とは何か、今もわからない。しかし、出田先生とのご縁は、これからも末長く保っていきたいものだ。

アメリカの実業家サミュエル・ウルマンは「青春とは人生のある期間ではなく、心の持ち方をいう」との言葉を残している。

出田先生の座右の銘だ。

山本幸男先生 ～県議会議員～

私にとって大切な人はたくさんいるが、その中で私の「人間」を育ててくれた山本幸男先生。私が二十五歳、まだ、教師として駆け出しの頃、先生から一通の手紙が届いた。書き慣れた達筆な文字だった。会いたいとのこと。

誰、どんな方、全く知らないまま約束のところへ行く。恰幅のよい五十代の男性が、すぐに私を見つけて満面の笑みをたたえて近づいてきた。よく通る艶のある声で呼びかけてくれる。

私にとって初めて出会う政治家だ。緊張のあまり、その時に何を話したのか全く記憶にない。この人が経営するパレスのロビーの奥にある喫茶コーナーでお会いしたということは覚えているが、緊張で頭の中が真っ白になっていて、会話の一切が記憶から完全に欠落している。

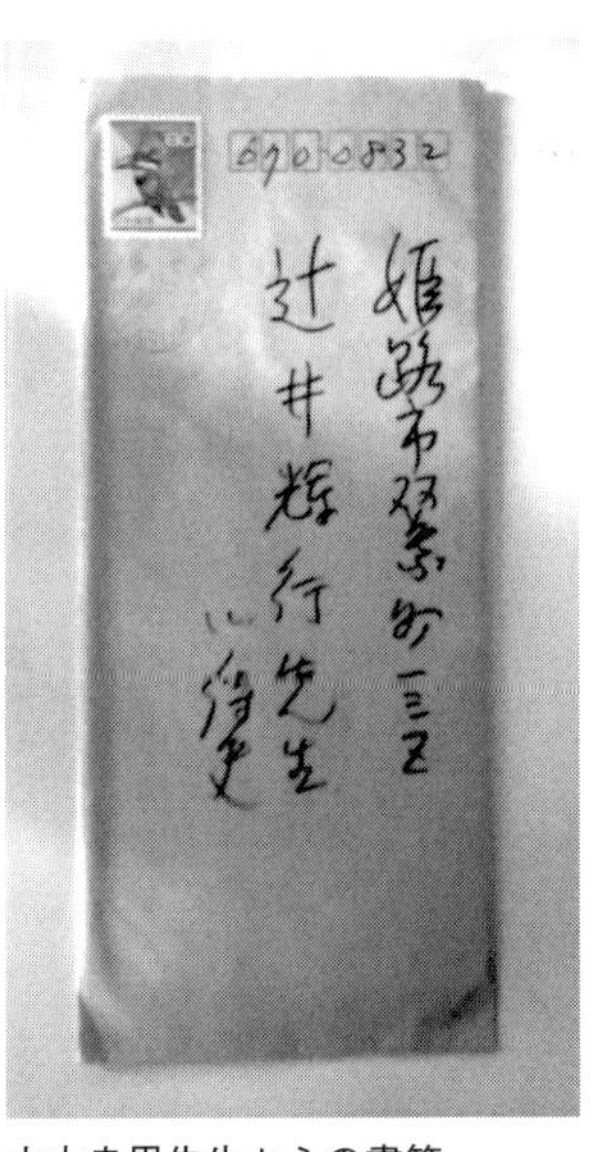
山本幸男先生からの書簡

しばらくの間、とりとめのない話をして、いとまを告げた。ところが、翌日には礼状が届いた。これにまず驚いた。「政治家」は、若い私にとって別世界に生きている人であり、忙しい日々を送っておられるはずだろうに早々の礼状である。

二、三か月の後、挨拶を兼ねて先生の事務所を訪ねた。当然のことながら、先生にお目にかかれるはずはない。事務所には、男性の事務員さんと、もう一人先生のお嬢さんと思しき方がおられた。私が名前を告げると、すでに私のことは、よくご存知の様子。手短に挨拶をして帰ろうとした時に、思い出した。もう一つ目的があったのだ。それは、こんなに忙しい人が、どうして私のような若輩者にまで手早く、丁寧に手紙を書いて下さるのか。その秘密を探ることだった。

古い小さな事務所に入ると、カウンターのように仕切られており、その向こうの右側の壁ぎわの机の上に葉書、便箋、封筒、切手、これらが整然と並べられていた。これだと思った。その日から、私はいつでも手紙が書けるようにそれらを揃えることにした。

まだ駆け出しの教師、それも先生の選挙の地盤ではないにもかかわらず、ずっと可愛がってもらった。「人の倫」を教えてもらった。「徳」を教えてもらった。

東播磨高校着任二年目に出会い、松陽高校と続き、五十二歳で飾磨工業に赴任。突然、先生がお抱え運転手に指示して飾磨工業まで来て下さり、段ボールを二箱、渡された。中には便箋やレポート用紙が入っているという。

「便箋は表紙のない不良品、レポート用紙は生徒のために使って下さい。みんな業者からもらったもの、気を遣うことはないよ」

高砂からか神戸からかわからなかったが、先生はそう言って、わざわざ姫路まで届けて下さったのだ。

先生はよく言われていた。自分の家は赤貧の生活だった。それがよかった。おかげで物やお金の大切さが身にしみている。先生は私が五十八歳の十一月に遠いところへ旅立って行かれた。斎場には行ったものの、中には入れなかった。

数日後、お嬢さんから電話があった。

「……斎場にあなたの姿が見えなかったもので、父の死を知らなかったのかと……」

葬儀委員長は県知事、弔問者は三千人を遥かに超えていたそうだ。そんな中で、私の姿がないことに気づいて下さる。ありがたいことだ。

先生の誕生日は十月三十一日。不幸の日は忘れることにしている。だから、ずっと誕生日祝いを届けることにしている。

私は先生に、大事に大事にしていただいてきた。

平成十六年の十月に鹿鳥殿で、「人生トーク並びに『浮世凩』披露会」を催された。この時、招待客が多く、会は二日に分けて行われたのだが、先生からどうしても両日出席してほしいと頼まれた。先生たっての願いだった。席は最上段中央の山本先生の右隣の席。その正面には同じ姫路の県議水田宏ご夫妻だった。たかが高校の教師である私が、先生の隣の席に座らせていただく。私にとって大きな勲章だった。

政治の世界と無縁の私に、先生の右隣の席を用意して下さった。その近くのテーブルは全て政治家の先生方の席だった。政界、財界の有力者の方々に、私という小さな存在を紹介して下さった。

信用、信頼というものは大きなものだ。先生の隣に座らせていただいたということだけで、多くの有力者たちと懇意にしていただくことになった。

山本幸男先生の祝賀会を
撮影したビデオ

栗原英世先生 〜眼科の先生〜

私の親は、非常に古風な人間だった。

こういった品物はあのお店で、こんな病気はあの先生のところへと決めていた。近くの店を素通りして目指す店舗へ、近所に診療所があるにもかかわらず、母が決めたお医者さんのもとに直行した。

かつて、母に連れられて、ある眼医者さんを訪ねた。おそらく小学校一年生か二年生の頃だった。診療室の中央に先生の机と椅子が並び、患者は先生を囲むように座るようになっていた。先生がいろいろな話をして下さり、それが一区切りしてから診療が始まるのだった。そうしたことが、幼い頃のおぼろげな記憶として残っている。

時が過ぎ、高校生になった私は、学校の健診の結果、眼科を受診するように言われた。かつて、母に連れられて訪れた眼科医院の前に行くと、そこには別の事務所が入居していた。近くの人に尋ねたところ、歩いて五分足らずのビルの中に移転されたと教えられた。自転車なら一、二分で着いた。ビルの三階に目指す眼科の名前を見つけた。受付を済ませて、待合室に入った。やがて名前を呼ばれ、暗室へ。

「おい。どうした」

「あのぅ……」

「どんな具合なんや」

「すみません。先生に診てもらおうと思って来たんじゃないんです」

「え？……」

「昔、お世話になった先生なんですが、久しぶりにお訪ねすると、診療所がそこにはなかったんです」

「それで？」

「近くの人に尋ねると、ここだと教えられたんです」

「……」

「だから、あの先生に診てもらいたいんです。あなたに診てもらおうと思って来たんじゃないんです」

「君は、あの先生に診てもらいたいのか」

「はい」

「残念だが、もうあの先生には診てもらえんぞ」

「え、どうしてですか」

「もう、仕事辞めている」

「……そうなんですか」

「あの先生は、私の父親だ」

「え、そうなんですか。お元気ですか」

「うん、時々ここへ来てるぞ」

「よかった。じゃあ仕方ないです。先生、診て下さい」

これが、高校生の私とお医者さんとの会話である。何とも失礼な話だ。

しかし、これが栗原先生と私の出会いであった。この時、先生は私の人物を見出して下さったようだ。それ以来、学校の帰り道、先生の診察、そして、その後の講話をほぼ毎日、受けることになる。「兵庫の産業は……」に始まり、その折々の時事問題、一般常識については毎日、質問される。「兵庫の産業は？」という質問は、私にとって体系的な勉強することの大切さを知る指針となり、「チェコの第一書記は？」に端を発する質問では、教科書の勉強に留まることなく、世の中の時勢を教えられた。また、進路を考える時には、日本の将来を見据えることを説き、教師の道を示してもらった。

四年の学生生活の後、何とか私は教師になった。七月、二つの包みを持って、先生を訪ねた。初めてのお中元、もう一つの包みは先生の誕生日プレゼントだった。診察室を抜けて奥の応接室へ行く。

「つまらないものですが」

「これ、何だ？」

「お誕生日おめでとうございます」

怖い顔が、笑顔に変わる。もしこの時、お中元という言葉を出していたら、おそらく一言、「いらん。持って帰れ！」と言われていたことだろう。ものには順序があること、ボタンの掛け違い、危うさを思わず知り得た瞬間だった。

栗原先生からは常に「生きるとは」「いかに生きるか」といった人生哲学を教え

ていただいてきたように感じる。

まだ、携帯電話のない頃だ。勤務先に電話がかかってくる。

「オイ、今日、六時に来い」

「ハイ」

そう返事するしかない。他の言葉を使う余地がなかった。

教師になりたての頃は自動車を持っていなかったので、その時、その時、今日は
どんな手段で行こうかと悩まされる。汗だくになって診療所のチャイムを押す。六
時〇二分。二分遅刻だ。すぐに診療所のドアは閉まり、シャッターが下りている。

「ハイレ」

「すみません、二分遅刻しました」

「忙しいんだナ。遅れる時は前もって言え」

時間に厳しい先生だ。携帯のない時代。連絡のしようもない。つい、腕時計を見
てしまう。人前で腕時計を見ることも厳禁だ。

「忙しそうだナ」

「ハ、ハイ」

「ワシは、分刻みの生活をしている」

人生哲学だ。

先生のおかげで日本瓦の名工、小林平一氏や、台湾の世界的蝶の研究家王生鏗氏とのご縁も作っていただいた。先生の名代として王生鏗氏の自宅に伺い、数日間、滞在させてもらった。この王さんから学んだこと。

コーヒーを飲む時、最後の一滴まで飲み終えること。つまり、物を大切にすること。また滞在中、王さんのご令嬢が、自動車でいろいろ案内してくれた。彼女は濃い青色のフレームの眼鏡をかけていたが、フレームが折れたのか、ビニールテープで巻きつけられていた。親切にしてもらっているので、眼鏡をプレゼントしたいと申し出たところ「仕事や事業のためのお金は充分にあるが、無駄なものに使うお金はない」との返事が返ってきた。お金の大切さ、お金の使い方を学んだ時だ。

また、ある時、スタッフの前で「話をしてみろ」と言われた。何をどのように話せばよいのかわからず、手探りのままで、稚拙な話をさせてもらった。この貴重な体験が、私の現在の講演活動の原点である。

この先生のおかげで人生哲学を学び、真の意味での人脈を築くことを教えられた。

いわば、栗原学校である。そして時折、栗原学校で教えられたという方と出会うことがある。

「あなたも栗原学校の卒業生ですか」

うれしいことだ。

高砂高校で勤務している時、誰彼となく我が家に勉強しに来ていた。十二月に入った頃、野球部の生徒が勉強に来た。年賀状の準備のために、今年届いた年賀状を机の端に置いていた。その一番上にあったのが栗原先生の年賀状だった。

「センセ、どうして栗原先生をご存知なんですか?」

「私の大切な大切な先生だよ」

「僕の父親も栗原先生に拾われたんですよ」

これを機に、この両親との交流が始まった。共に栗原先生に救われた栗原学校の生徒だ。同窓生として一挙に信頼関係が築かれた。

今になって気づいたことがある。私もいつからか、次世代のお世話を始めていた。私のもとを巣立っていった若者が、いつの日か、私の思いを受け継いで、次の世代へと届けていってくれることだろう。栗原先生には、何一つ恩返しができなかった。

あまりにも若いお年で遠いところへ行ってしまわれた。

私は栗原学校の門下生。だから、今は、先生の心を次の世代へと継承させてもらっている。七月二十五日が先生のお誕生日だ。亡くなられた日より、お誕生日を忘れずにいたい。

左から栗原先生、筆者、栗原先生の奥様

室積義男さん 〜お巡りさん〜

大学生というのは、もう社会的にも大人、成人とみなされる。

高校生までは親の庇護のもと、学校と家との往復だけだ。それが、大学に入ると自由な時間と自由な行動で過ごせるようになる。いわゆる社会人だ。

大学の合格通知をもらって数日経った頃のことだった。これから学ぶ大学を見てみようという軽い気持ちでうろうろしていた時、背後から声をかけられた。

「キミ、キミ」

振り返ると、四十代半ばであろうか、ガッチリしたお巡りさんが立っていた。身分証明書は、入学式後でなければもらえない。ポケットには高校の生徒手帳が偶然あり、それを見せた。ところが、ここは兵庫県ではない。事の経緯をもどかしげに説明した。家出少年と間違えられての職務質問だったのだ。

「一度、ここの家を訪ねてみなさい」

「ハ、ハイ」

「私はムロズミ、室積からの紹介だと言ったら、何でも相談に乗ってくれるはずだ」

初めての土地、右も左もわかるはずがない。まだ高校生あがりで、大して小遣いも持っていない。トボトボ歩きながら探して行った。

「こんにちは」

「オイ、姫路の学生さんかい」

もう電話で連絡済みのようだ。

「ハイ、初めまして」

「ここの離れの二階に住んだらいいよ」

もう下宿の手配まで済んでいる。それがご縁となり、以後、四十数年に及ぶおつき合いが始まった。

私が大学を卒業した後、今度はこのお巡りさんのお嬢さんが兵庫県内の大学を受験されるということで、互いのおつき合いがさらに深まっていくことになった。お

郵便はがき

料金受取人払郵便

大阪北局
承認

1635

差出有効期間
2025年1月
31日まで
(切手不要)

553-8790

018

大阪市福島区海老江5-2-2-710
㈱風詠社

愛読者カード係 行

ふりがな お名前		大正 昭和 平成 令和 年生 歳	
ふりがな ご住所	□□□-□□□□		性別 男・女
お電話 番号		ご職業	
E-mail			
書名			
お買上 書店	都道府県 市区郡	書店名	書店
		ご購入日	年 月 日

本書をお買い求めになった動機は?
1. 書店店頭で見て　2. インターネット書店で見て
3. 知人にすすめられて　4. ホームページを見て
5. 広告、記事（新聞、雑誌、ポスター等）を見て（新聞、雑誌名　　　）

風詠社の本をお買い求めいただき誠にありがとうございます。
この愛読者カードは小社出版の企画等に役立たせていただきます。

本書についてのご意見、ご感想をお聞かせください。

①内容について

②カバー、タイトル、帯について

弊社、及び弊社刊行物に対するご意見、ご感想をお聞かせください。

最近読んでおもしろかった本やこれから読んでみたい本をお教えください。

ご購読雑誌（複数可）	ご購読新聞 新聞

ご協力ありがとうございました。

※お客様の個人情報は、小社からの連絡のみに使用します。社外に提供することは一切ありません。

巡りさんの定年にお祝いを贈ると、お礼にと万年筆をいただいた。私のその万年筆を今でも大切にしている。

平成二十一年の年賀状が私の手元に届かなかった。おかしい。何か良くない予感がする。二月に、手紙を添えてお菓子を送った。その数日後、お嬢さんからお礼の電話があった。昨年十一月に入院したそうだが、今は回復してきているとのこと。そう聞いて安心した。

五月、桜の季節が終わった頃、また、手紙を添えてお菓子を届ける。また、お嬢さんからのお礼の電話。癌の手術を受けたが「姫路の学生さんからの手紙が大きな励ましで随分とよくなってきた」とのこと。うれしい限りだ。

六月には、私のところへお菓子が届く。その菓子店の備えつけの葉書にお巡りさんの懐かしい筆跡でのお礼の挨拶が添えられており、うれしさもひとしおだ。早速、お礼の電話をする。お嬢さんが電話口に出られた。

二月に私からの贈り物が届いた時、医者からは、もう今日か明日か、時間の問題だと宣告されていたそうだ。それが「姫路の学生さん」に会いに行きたいという思いからか、見違えるように元気になっていったとのこと。私に贈ってくれたお菓子も、酸素吸入をしながら、お嬢さんの自動車に乗って買い求めに行ってくれたそうだ。私ももうすぐ定年、会いに行きますよ、こんな手紙も書いていた。待ちきれなかったのだろうか、お巡りさんは「姫路に会いに行く」と家族に言い続けたそうだ。

その後、何度か連絡をする。年末には蒲鉾が届いた。私も来年には会いに行きますよ、と告げた。

一月になって、いつものように手紙を書いてお菓子を届けた。これが最後となった。

二月になって、奥様から悲しい知らせが届く。私の青春が終わった時だ。

お巡りさんは、何事にも挑戦する人だった。警官だったから身体も鍛えておられただろう。マラソンにも挑戦され、その勇姿が写真に残っている。

「私の年までガンバレよ」

私の部屋に飾られた写真のお巡りさんが、そう言っておられるようだ。

室積義男さん 〜お巡りさん〜

室積義男さんは80歳を超えても健脚

岡本泰幸君 ～幼馴染み～

「ヤッチャン、今日の予定は？」

「三時半から歯科、四時頃行くワ」

「そんなら、ビール一本冷やしとく」

「一本だけかい」

「そんなら二本にする」

八月十八日のやりとり。四時に来てくれた。

彼は明日から入院だ。血栓予防の治療だという。今のところどこも悪くないらしいが、私は彼の不安を紛わすために「一杯やろう」と誘ったのだった。

いつものこと、六時になったら我々の酒タイムは終わる。奥さんが六時半頃仕事から帰ってくるので、その時にはいい子にして奥さんを迎えるのだ。この日もいつもと同じだった。

「二、三日、電話できないからナ」

ヤッチャンはそう言うと自転車に乗り、左手を軽く挙げて振り返ることもなく帰っていった。いつもと変わらぬサヨナラだ。

けれど、これが最後の「サヨナラ」になるとは夢にも思っていなかった。

翌日夕方、ヤッチャンからラインが届く。「久しぶりの晩ごはんだ」との説明と共に病院食の写真をもらう。彼は酒が好物で、普段夕方からはほとんど食べない。酒の肴は少しだけで、晩ごはんは食べない。

その次の日、つまり手術の日。ヤッチャンのケータイから電話がかかる。もう終わったのかと思って電話を取ると親族からで、麻酔をかけた瞬間、意識不明となったとのこと。悲しいことに永遠の別れを迎えた。

ヤッチャンとの思い出は尽きない。大きな声を出すわけでもなく、いつも、もの静か、常に冷静、そのくせ威圧感は充分にある。彼との出会いは幼稚園の時、みんなより頭一つ背が高く、正義感の強い子だった。

ある時、紙芝居を見て、尾田先生がみんなにこんな質問をしたことがある。

「道に大きな石があって、そこを通るのに邪魔になっていた。ネズミはチョロチョロ狭い隙間を通っていく。ウサギは石の上でダンスをしてから過ぎていく。サルは石の上でバナナを食べてから過ぎていく。最後に来たのはゾウ。ゾウは力持ちで、その石を道の端に動かして通っていく。みんな誰が一番好きかな?」

その時、ほとんどの子は自分の好きな動物の名を言ったが、彼は「ゾウは人のために仕事をしたから好き」と言った。また次の質問。

「池の周りにいろいろな動物が住んでいる。ある日、カバがたくさんサツマイモをもらったので、隣のブタさんの家に半分持って行った。ブタさんは、また隣のクマさんのところへ、もらった半分を持って行った。次にお隣さんに半分ずつ持って行って、タヌキさんは、二個、サツマイモをもらったので一個、隣のリスさんに持って行った。リスさんは、それを半分に割って、お隣のカバさんのところへサツマイモを半分持って行った。カバさんは、その半分だけのサツマイモをもらってどんな気持ちになったかな」

彼の答え。

「おすそ分けで池の周りの動物たち全員にサツマイモが届いてうれしかった」

ヤッチャンは頭が良い。好き嫌いではなく、正しく、冷静に判断できる。力も強かった。しかし、弱い者いじめをしているのを見たら、いじめている子のところへ行ってドナっていた。常に弱い子を守るのである。

ある日、職員室の前を通ると先生方が彼のことをほめていた。

「しっかりしている」

「良いこと、悪いことが判断できる」

私のことをいつも守ってくれるお兄ちゃん的な存在だったので、ヤッチャンのことがほめられているのを聞いて私はうれしくなった。

小学校の時は同じクラスになることはなかったが、常に私の兄ちゃんであった。ところが、六年の頃から彼は次第にニヒルになっていった。いつも休み時間は一人で廊下の窓の外をぼおっと眺めている。腕組みをして何かを考えている。うつろに遠くを見つめている。私には、それでも兄貴ぶっている。

「テルちゃんは生きるって考えたことあるか」

早熟な彼の思考に私はついていけない。剣道も凄腕で、剣道での推薦で高校へ進んだ。高校で別れ、しばらく交流は途絶える。

さらに就職で遠ざかる。彼は刑事、私は教員で、共に退職。人生の後半をお互い好きなことをやって、余世を楽しむようになる。お互い、一人の行動が好き。一人旅が好き。自然とのふれ合いも一人が好き。そのくせ、自分が感動したことは共有したがる。週に二度、三度、不定期に酒を飲み交わす。しかし、時間は、ほぼ午後の四時から六時まで。

愛妻家。奥さんが仕事から帰ってくるまでに酒は終了。風流人。花が好き、月が好き、書が好き、音楽も好き。お互い多くの趣味を共有していたので、酒の話題は尽きることがない。ただ、彼は常に私の兄貴。話題も知識も私が聞き役。デコとボコ。これが、長く交流できた秘訣だった。

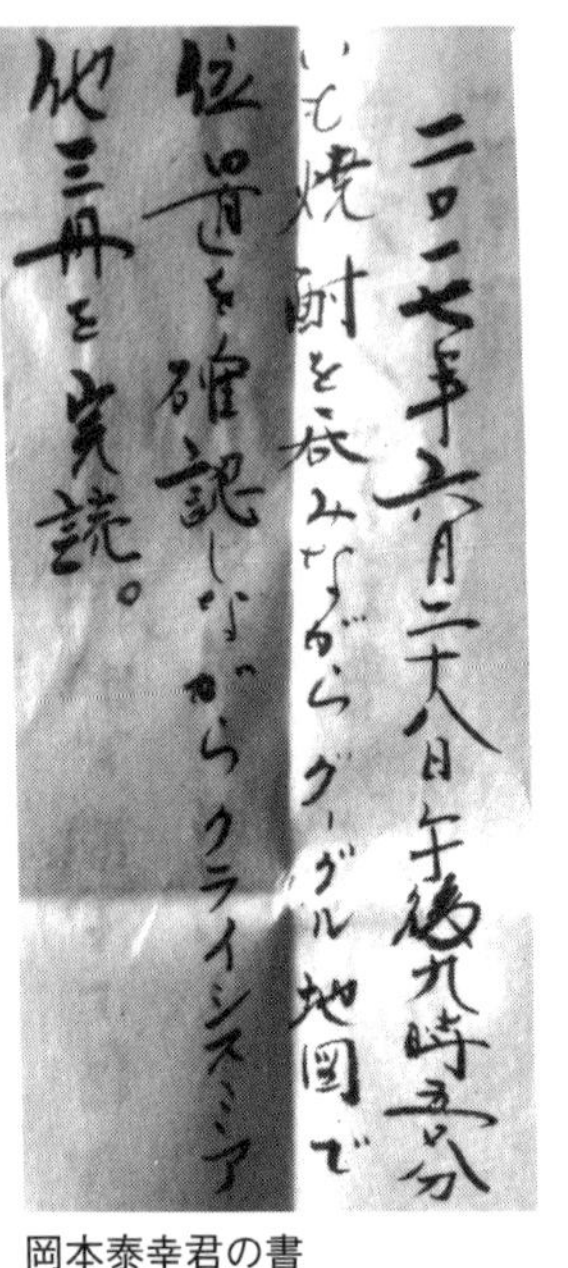

岡本泰幸君の書

ヤッチャンが夢に現れた。

「テルチャン、オレ、頼みがあるんだ」

「どうしたの？」

「ヨメサンにプレゼントを

贈りたいんだけど、自分で買いに行けないので、テルチャン、頼むワ」

「いいよ、どんなものがいいのかな」

「オレの趣味、わかっているだろう」

ここで夢が消えた。

私は彼の四十九日に招かれていたので、それに間に合うようにスカーフを選んだ。そして、四十九日の午前中、手を合わせに行く準備をしていた時、彼の奥さんが来てくれた。

私は奥さんの明美さんに夢の話をし、「ヤッチャンからのプレゼントだョ」と購入した播州織のスカーフを渡した。その瞬間、彼女は突然、涙を流し始めた。七日、七日の逮夜（たいや）の三十五日の日に参って来られた御住職が、ヤッチャンに「播州織」について尋ねたことが最後の手紙のやりとりになったことを話されたそうだ。

御住職とヤッチャンの二人の間の文通の中での話題で明美さんは、この三十五日の逮夜でそのことを知ったそうだ。私は三十五日に立ち合ったわけでもなく、夢に現れたヤッチャンの依頼に従ったままでだ。偶然だと片づけるのは簡単なことだが、逆算していくと逮夜の三十五日の夜にヤッチャンが現れてくれている。

長い間、私の兄貴の役をしてくれていた。知人の息子の行政書士に騙され百万円の現金とコレクション二千万円以上を取られた時にも、元刑事のヤッチャンは冷静に判断をし、まるで自分のことのように動いてくれた。裁判所、公証役場へと連れて行って真剣に相談してくれたのを昨日のことのように覚えている。今になってやっと、ヤッチャンから頼まれる立場になった。しかし、いつまでも私の兄貴だ。

「テルチャンのところばかりに出てきて、私の夢には出てきてくれない」

奥さんの明美さんが言った。


今、世代が替わり、ヤッチャンのお孫ちゃんが私の家に来てくれている。ヤッチャンが目に入れても痛くないほど可愛いがっていた孫娘の杏ちゃん。六歳の杏ちゃんも、私のことを「テルチャン」と呼んでくれる。

幼稚園からの幼馴染み、ヤッチャン。夢に出てくる彼は、今でも私の兄貴でいてくれる。

筆者

岡本泰幸君

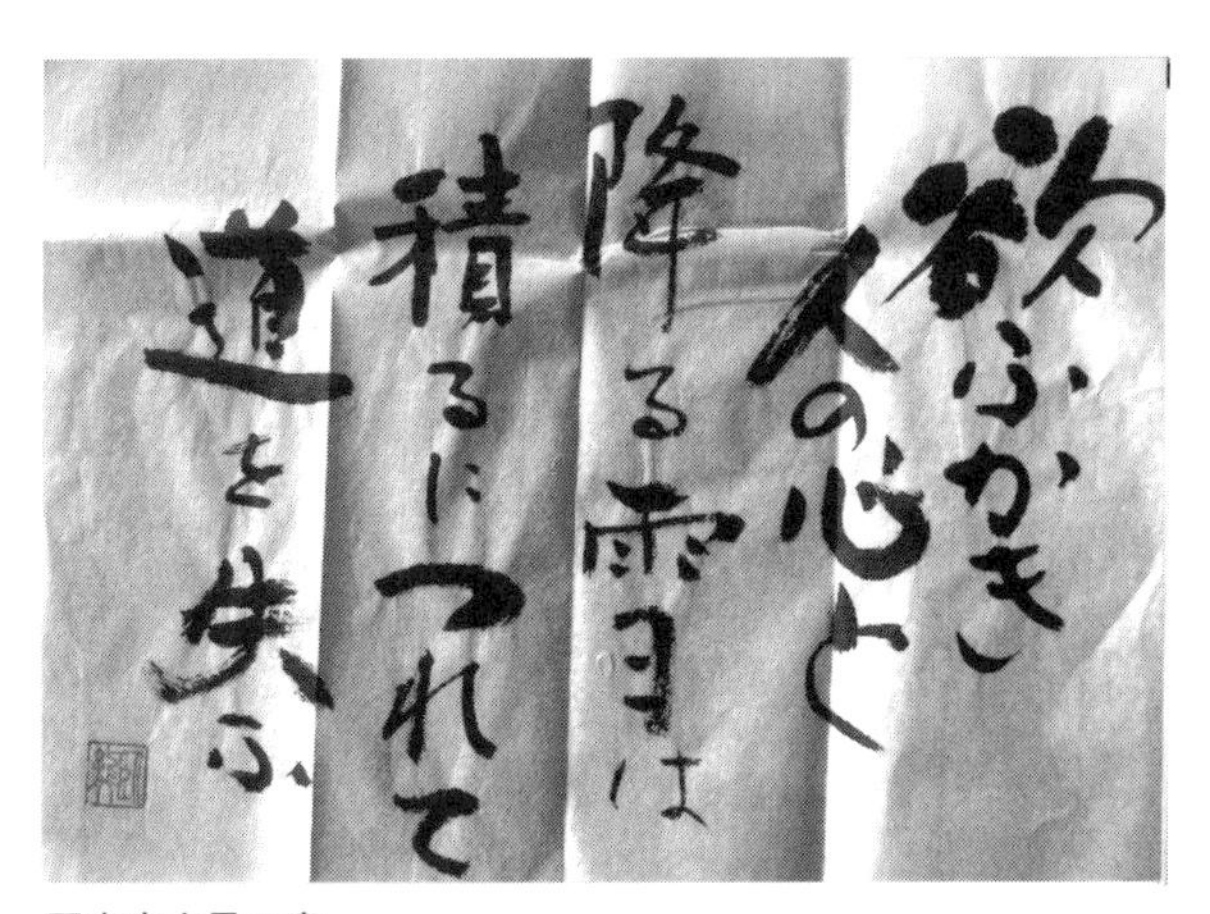

岡本泰幸君の書

陰山隼一氏 ～レコード店ミヤコの社長～

島倉千代子の大ファンの私は、小学生の頃から、わずかな小遣いをコツコツためて商店街のレコード店に駆けていき、当時三〇〇円のドーナツ盤のレコードを買っていた。

親に知れたら叱られる。「こんなものを買って」と言われるのがわかっている。そして、当然、レコードを聴くプレーヤーなんてあるはずもない。しかし、大人になったら胸を張って大っぴらに島倉千代子が聴ける。幼心に、そんなことを思いながら、一枚一枚買い集めていた。

当時、レコード店内は立錐の余地も無いほど混んでいた。歌謡曲の全盛期だった。中学生になると毎日もらう小遣いも少し増え、ＬＰレコードを買うこともできるようになった。ところが、ここで大きな問題に気づいた。ドーナツ盤は小さいので、隠し場所に困ることはなかったのだが、ＬＰ盤は直径約三〇センチもある。はて、どこに隠しておこうか。レコード店で買ったＬＰを手に喜んで帰りながら、隠し場所を考える悪い中学生だった。

「ただいま」

「おかえり」

まっしぐらで勉強部屋に突進する。大急ぎで本箱の一番下。そこだけ奥行が広く、大判の本を並べている。その背中の部分にそっと隠す。

いつしかレコード店ミヤコの社長、奥さんとも顔見知りになり、そっと粗品や景品をもらえるようになる。大学に入り姫路を離れても、このミヤコさんに手紙を書いて注文する。

大学を卒業して就職。晴れてレコードを掛けるステレオという名のコンポを自分で稼いだ給料で購入し、堂々と島倉千代子を楽しめる。しかし、どこでそのステレオなるものを買うのか。やはり、親の力にすがる。その当時、神戸に三越百貨店があり、母親が電話で連絡を取ってくれた。三越に行くと、責任者が待ち受けてくれていた。

「クラシックですか」

「いえ」

「ジャズですか」

「いえ、島倉千代子です」

態度が一転。

「それなら、これがいいでしょう」

勧められたのは、東芝のオーレックス。明らかに一段下のレベルと受け止められていたようだ。しかし、これで晴れて島倉千代子の曲を聴ける。しかし、両親の教えは、「二万円のものがほしければ、二万円貯金してから買いなさい」だった。

レコードは一枚ずつしか買えないが、ミヤコの社長は、コロムビアのカレンダーとか、島倉千代子のポスターなどを常にプレゼントしてくれていた。そのうち徐々にこういった品は誰でもそう簡単にもらえるものではないことも悟るようになっていく。

私が社会に出て働くようになってから、ミヤコの社長がこんなことを教えてくれた。

「世の中で誰が上で、誰が下ということはないのだよ。ジャンケンのグー、チョキ、パー、強い者も相手によって立場が変わる。センセ（私のこと）が島倉千代子の大ファン。テレビのブラウン管で見ておき。そのほうが夢があっていいよ」

「そんなものですか。島倉さんなんて雲の上の人ですけど……」

「また機会を見つけて、会わせてあげるよ」

「エェッ、ホントですか」

　また、こんな話もされていた。

「レコード店からすると、どんな有名な歌手でも一つの商品なんだ。だから歌手はレコード店を大事にして、少しでも宣伝してもらいたいんだよ」

「そんなものなんですかねェ」

「だから、ちょっと売れてテングになるような歌手は、干されて消えてしまうんだよ」

「そう言えば、メチャクチャ売れていても、突然いなくなる歌手もいますよね」

「レコード店も、お客さんあってのレコード店」

「ウン」

「だから私は、センセみたいに一枚ずつでも何十年も買ってくれるお客さんは大事にしたいんだよ」

ミヤコの社長からの教示。

「世の中に絶対的に強い者はいない。この人に強くても、また別の人には弱い。だから、私にとっては売れている歌手も一人ひとりのお客さんも同じなんですよ」

ミヤコの社長から、世の中の仕組みの一端を教えてもらった。厳しいことをよく教えて下さる社長。ある時から「若い歌手を育てているんだ」と言われ、その中の一人が伍代夏子だった。「私のことをお父さんと呼んで慕ってくれている」と目を細める一面もある。

ある日、島倉千代子の五十周年のリサイタルが大阪の厚生年金ホールであった。ミヤコさんに立ち寄って、「今からリサイタルを見に行ってきます」と奥さんに告げて、電車に乗って大阪を目指す。大阪で地下鉄に乗り換え、席に腰を下ろすと、その窓越しに階段が見える。ぼんやり前を見ていると、ミヤコの社長、陰山のおじさんが急ぎ足で階段を掛け降りてくるのが見えた。無意識で席を立ち、ドアのところに行って「おじさん！」と呼んだ。

「お母ちゃんが電話を掛けてきて、センセがリサイタルを見に行くと聞いたので、追いかけてきたんだよ。リリイタルが終わった後、島倉さんに会いたいかい？」

「エェッ、会わせてもらえるの？」

「そのために追いかけてきたんだよ」

「おじさん、お願いします」

地下鉄の電車の中で、なりふり構わず大きな声で話していた。

「忙しいセンセだけど、大丈夫かい？」

「ウン、ウン、シマクラ一番、ホントに会えるんですか？」

「リサイタルの後、業界の人を集めて打ち上げがあるんだよ」

「ボ、ボク、そこに入れてもらえるの？」

「公演が終わったら、ロビーで待っていてナ」

「ハ、ハイ」

いつもだったら、島倉千代子の公演を全身全霊で見て終わった後は、クタクタになって帰るのだが、今日は、その後がまだある。

公演の幕が降り、観客は出口に向かう。慌てて出ても、ミヤコの社長に簡単に会えるわけがない。観客の移動が収まる頃に出たらいい。私は頃合いを見計らってロビーに向かうと、ミヤコの社長が私を認めて手招きしてくれる。

「心配することないから、黙って私と一緒に行こう」

「はい」

「会場は七階だよ、ついておいで」

そう言われて、エレベーターに乗る。

七階の打ち上げ会場の入口では、両側から担当の人が案内と警備を兼ねて立っている。いつもは近くのレコード店のおじさんとして接し、「おじさん」と呼んでいたが、ここでは全く違う姿だ。多くの人が一目も二目も置く存在だった。

テーブルに案内され、私は金魚のフンのようにミヤコの社長の後を追いかける。席に着くと、おじさんは眼鏡越しに柔和な微笑みで私を見て下さる。ミヤコの社長の姿を見つけて大勢の人が挨拶に来る。おじさんは、私のことを「私の大切なセンセ」と紹介して下さる。余計なことは言えず、席を立って簡単に挨拶をする。司会は、あの有名な浜村淳氏だった。

やがてオーバーオールのジーパン姿で、島倉千代子が入ってくる。各テーブルに近づいてきて、挨拶をしてくれる。ミヤコの社長、陰山隼一氏の前に来ると、長年のつき合いなのだろう。親しげに話を交わす。私は立ち上がってぎこちない挨拶をする。

「ツジイです」

「言わなくてもわかっているよ」と島倉さん。

「ありがとうございます」

島倉さんは私の言葉を遮るように話しかけて下さる。

「会えてうれしいです」

「五十周年、おめでとうございます」緊張しながらの祝辞。

これが精一杯の会話だった。

立食パーティー、何を食べたか覚えていない。ミヤコの社長と一緒に帰ったのかどうかも覚えていない。おそらく一人で帰ったのだろう。頭の中は空っぽ、長い間あこがれていた大歌手と打ち上げ会場で会うことができた。全てミヤコの社長のおかげだ。

レコード業界の会合はそれなりにあるらしい。ある時、おじさんは東京の会合に行き、芸能界の実力者に私のことを話して下さった。おじさんのお店に行くと、その実力者の電話番号とファックス番号、そして住所、名前を書いたメモを下さった。

「ここに連絡してごらん」

「どんな立場の人ですか」

「何も知らないほうがいい」

「はい」

相当な実力者らしく、肩書きも一切知らされていない。その上、名前や住所などは一切、他の人に漏らさないよう注意された。

突然の電話は失礼だと思い、手紙とファックスで自分の名前、電話番号、それにミヤコの社長、陰山隼一氏の紹介であることを記し、後日電話をした。すると、ミヤコの社長から話を聞いて下さっていた様子で、終始親しげに話をしてもらった。以来、この人（女性）からもよく連絡をもらうようになり、「島倉グッズ」も度々段ボールで届けてもらえるようになった。

ミヤコのおじさんから、「島倉千代子に会わせてあげるよ」と約束をしてもらったことも実現した。そして、「人生、世の中、絶対的強者はいない」と教わった。

大きな商売をされているレコード店の社長がたくさんの顧客を抱える中、たった一人の個人の客である私のことを、ここまで大切にしてもらってきた。

おじさんは「人には上も下もない。お金は大切」と、よく言っていた。そして、「お母ちゃんがお金をくれない」と笑いながら、小銭入れを見せてくれる。硬貨だけが入った財布だ。これも自信のなせる技だろう。

さらに立派なのは、しっかりしているうちに、ご子息夫妻にバトンタッチをされたこと。今、世代が替わっても、ご子息夫妻と親しくしていただいている。

商売、お金でつながっている関係は、ほとんどの場合、それ以上の親しい関係、信頼関係は望むべくもない。お金の関係を乗り越えて、目をかけて下さる。私にとって大切な「おじさん」だ。

右：LP レコードを買うと豪華なレザー調のケースに入れてくれた
左：シングル盤が入るミヤコの紙袋

ユージン　～パンアメリカン航空CEO～

生まれて初めて貰った名刺はユージンから

私が中学一年の時だった。

姫路城の大手門から出てきた紳士と目が合った。向こうも私に意識をもって見てくれていた。私はそれを見てとり、「ハロー」と言うと、笑いながら近づいてきた。ゆっくり話してくれるのだが、ほとんど理解できず、しどろもどろで自分の思いを伝えようとする。その時、胸ポケットから名刺を出して、私にくれた。外国の人から名刺をもらうのは初めての経験だ。航空会社の偉い人のようだ。

現在でも「国際文通週間」の切手が発行されているが、

当時の中学生や高校生の間では海外との文通をさかんにやっていた。私の周りでも、どこの国のどんな人と文通しているかというのがよく話題に上った。「ペンパルガイド」といった類の本を買い、そこに書いてある例文を見ながら、覚え立ての英語を駆使して手紙を書いたものだ。

彼からもらった名刺に記されているBelgiumってどこの国かもわからないまま、彼が差し出した手帳に私の名前と住所を書いた。家に帰ってすぐにBelgiumを英和辞典で調べる。私は地図が好きで、小さい頃から父親と首都の言い合いをよくやった。父親が国名を言うと、私が首都を答える。また国家元首の言い合いも、少ない数ではあるが当てっこをしたものだ。あの当時、イギリスはマクミラン首相、西ドイツはアデナウアー首相、フランスはドゴール大統領だった。

ベルギーの首都はブリュッセル、これも知っていた。しかし、彼との出会いで急にベルギーが近い存在になり、興味を持つようになった。「小便小僧」もベルギーだ。「フランダースの犬」もベルギーだ。断片的な知識もつながっていく。

どれくらい経っただろう。エアメールが届いた。紛れもなくBelgiumから届いたエアメールだ。ベルギーだ。早速、エアメールの封筒や便箋を両親に買ってもらい、初歩的な英語で返事を書く。届いた手紙は、学校の英語の先生に助けてもらって読む。文通というのは趣味を兼ねた体の良い英語の勉強だ。

やがてパンナムのカバンやボールペン、ポスターなどが次々と送られてくる。こちらもプレゼントを送りたいが、手紙の料金だけでも高い。その当時、国内の封書は十円、葉書は五円、だったと思う。しかし、ヨーロッパへの料金は一〇グラムまで百円だった。中学生にとって百円は決して安いものではなかった。それに加えて郵便局の検査も厳しかった。小包に類するものは大きな郵便局しか扱ってくれず、内容品を調べられたり、壊れないようヒモでしっかりとくくりつけるように注意を受けたり、現在の便利さとは雲泥の差だった。

文通での交流は高校、大学でも続いた。大学に入ってから、アルバイトをして蓄えた金でベルギーへの旅を実現することになった。ユージンさんは航空会社に勤めているので、日本からベルギーまでの航空券の手配も助けてくれる。一番最初に乗ったのは、ドイツのルフトハンザ航空だった。当時は、まだ関西空港はなく、伊丹の大阪空港からの出発だった。

一人旅ではあったがフランクフルトまでは、英語とドイツ語、そして、日本語のアナウンスがあり、それほど緊張することもなかった。多くの日本人も乗っている。日本の国内旅行の延長程度の緊張だ。

ところが、フランクフルトからブリュッセル行きの便に乗り換えるところまで来ると、今までいた日本人はどこかへ消えてしまった。日本人らしき人は誰一人見当らない。

ボーディングブリッジを通って機内に入り、自分の席を探す。腰を下ろしても、全然日本語は聞こえてこない。機内放送も英語とドイツ語のみ。緊張の中に陥ってしまった。ずっと、俯いて黙っているわけにもいかず、隣に座る中年の男性に片言の英語で話しかけてみた。どうもベルギーに帰るところらしい。たどたどしい英語で自己表現を試みる。身体全体が硬直している。

飛行機は電車と異なり駅を間違えて下車することはないし、行先を間違えて別の便の飛行機に乗ることも、まずありえない。搭乗券のチェックも受けた。座席もここで間違いない。しかし、不安は募るばかりだ。ここまで来て途中下車などできるはずがない。隣の乗客はベルギー人。この人の後を付いていけば、ブリュッセルの飛行場のターミナルに入っていける。

ブリュッセルが近づいてきたようだ。次第に高度も下がり、地上の灯りが見えてくる。高速道路なのだろうか。円を描くようにオレンジ色の外灯が並んでいる。しばらくして、無事に着陸した。隣の席のベルギー人の後を追いかけるように機外に出る。出口には階段が設置され、そのタラップを下りていく。夜だ。歩いてターミナルの入口へ向かう。建物に入ると、すぐ前に上り階段。あのベルギー人と離れないよう、必死に上っていく。胸は緊張の極限、張り裂けそうだ。階段を上りきった。

その正面にユージンさんを見つける。かのベルギー人にお礼を言って別れる。キャッチボールのボールを、やっと受け止めてもらった瞬間だ。何と長かったことか。私にとっては全てが未知の世界であり、一つひとつを認識するゆとりなどなかった。

今からはユージンさんの後を追いかけることになる。彼は慣れた調子で荷物の出口のところまで案内してくれる。私は旅行者。彼にとってブリュッセルのザベンタム空港は自分の庭のようなもの。私はパスポートとエアチケットを片手に何度か検問をくぐる。彼は首からパンナムの名札をかけ、私を誘導してくれる。税関からロビーに出ると、そのまま彼は私の荷物を持って職員専用の駐車場に向かう。

どこをどう行ったのか皆目わからない。街灯があるところはそれなりに見えるが、空港を離れていくと暗闇の部分のほうが広くなる。夜ということもあり、自動車のヘッドライトに映し出された景色を、緊張から解き放たれた目でぼんやり見ているだけだった。

やがて彼の家に着いた。玄関を入ってすぐ左側に二部屋あり、奥の一室に荷物を運び入れてくれた。旅の疲れを癒すべく、風呂を勧められた。案内されて行くと、バスタオル、シャンプーなど、全てダンヒルで揃えてあった。

風呂を終えて外に出ると、隣のリビングでは数人の男性と一人の女性がワ

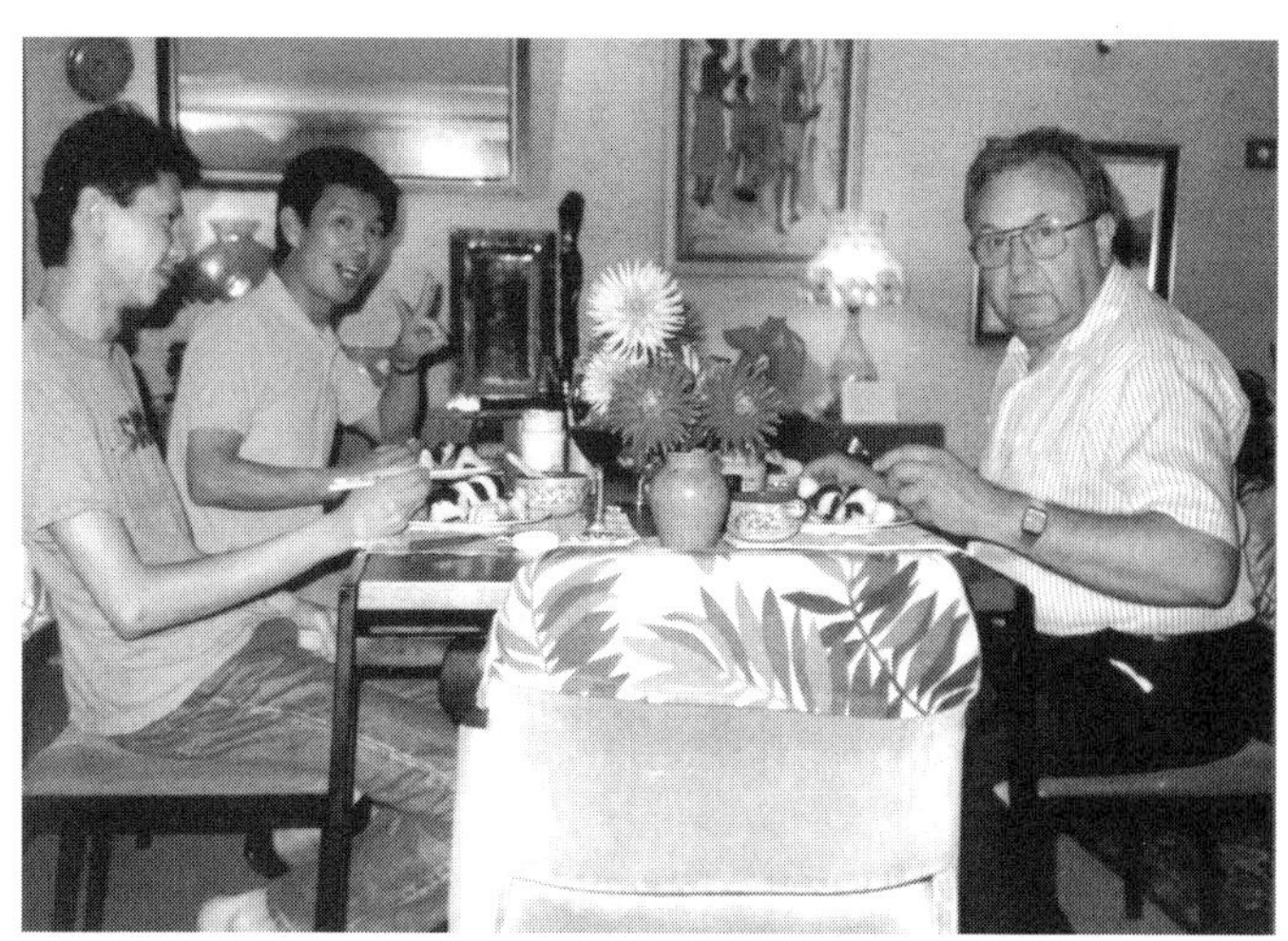

ユージンの自宅にて（左からマイケル、筆者、ユージン）

インを楽しんでいる。その中の一人は中国系の顔。後でわかったのだが、シンガポールのホテルで働いていたところ、ユージンさんの目に止まり、ガルーダ・インドネシア航空のブリュッセル支店で働くチャンスをもらったそうだ。私とそう年齢も違わない、彼の名前はマイケル・チャー。もう一人のアジア系の男性はエフレイムといい、フィリピンの貧しい家の出身で、ベルギーのルーバン大学で学んでいる。今回は初めてのベルギー訪問であり、次に控えている留学のための見学のようなものだ。ユージンさんも未来のある若者を育てている。

このリビングに飾られているものは、世界中から集められたものだ。大きな象がこちらを向いてやって来る瞬間をとらえた写真。ベトナムの貝を埋め込んだ絵など、数多くのものが飾られている。

わずか十日間ほどの滞在だったが、多くの若者を支援し育てていることを知る。自分も将来こうありたいと、心の奥底で決意を固めた。彼はベルギー人、正確にはフラマン人（オランダ系）。フラマン語（オランダ語系）を話す。しかし、留学する際はフラマン語（オランダ語系）より先にフランス語を習うことを勧めてくれた。まだ、この時はベルギーの深刻な言語事情を知らなかった。

ベルギーの古都、ゲントにて（筆者）

その後、何度か日本とベルギーの往復を重ねベルギーでフランス語を学ぶことになった。これも彼に敬意を払うべきことだ。彼自身フラマン人でありながら、身びいきすることもなく、フランス語を学ぶことを勧めてくれた点だ。私が初めてベルギーを訪れて以来、この人によって国際的感覚を育てられた。パン・アメリカン航空の取締役だ。パン・アメリカン航空と言えば、世界初の世界一周路線を開設するなど、全世界を覇した翼である。その重鎮として活躍した彼は知識教養のみならず、人間的にも尊敬に価する人物だ。「英語をしっかり覚えなさい」に始まり、自分の意思をそれも少なくとも「イエス」か「ノー」かは、はっきりと相手に伝えること。少し経ってからは「I hope…」と「I want…」の違いの重要性も教えてくれた。

ブランド商品に対する基本的な考え方。今でも日本ではブランド志向の人がいる。ブランド商品は高価だが、必ずしも高級品、つまり高品質を意味しているのではない。安くても高品質の品こそ本当のブランド品と言える、との考えだ。

「ブランドの名前だけで商品を追い求める人たちは、成り上がり者、軽薄そのものだ」

昨今の日本人に最適のアドバイスだ。しかし、良いものは良い、といくつかのブランドは教えてくれる。

「靴はチャーチにしなさい。特に年がいくと足が弱る。足が弱ると腰が曲がってくる。足を守るためには良い靴を選びなさい。くれぐれもデザインで選ぶのじゃないよ」

「オーデコロンはどう、たくさんありすぎて何がいいのかわからない。一度買えば一年近くあるし……」

私がそう尋ねると、こんなことを言われた。

「必要なもので、どれを買っていいのかわからない時は、ダンヒルにしなさい」

理由は単純明快、ダンヒルは男性用のものしか作っていないから。

もう一つ、彼のポリシーとでも言おうか。

「高級品は自分の愛用品、外に持って出るものではなく、家で、その良さを味わい、楽しむもの」

それ以外にも、私の人間的成長に関わる多くのことを教えてくれた。異国ベルギーで単なる旅人、よそ者として暮らすのではなく、いかにして現地に溶け込んで生きていくか、また一個人として国際社会に貢献するか、など数え上げればきりがない。

彼はシンガポーリアンのマイケルを立派な国際人に育て上げ、その当時、フィリピンの貧家のエフレイムをルーバン大学で学ばせていた。人から見返りを求めることなく、ただ与える喜びを、彼の生きざまを通して教えられた。

シャンタル　～サベナ・ベルギー航空客室乗務員～

人の出会いというのは偶然の上に、もう一つの偶然が重なって起きるものだ。

ベルギーで語学の勉強をしていた時、パンアメリカン航空のスポンサーであるユージンさんから「夏休みにイギリスやポルトガルで過ごしてみてはどうか」と提案され、特にどこに行きたいという考えもないまま、ザベンテム空港へ行った。

まず、ポルトガル便は満席だという。次にフィンランドのヘルシンキ、スウェーデンのス

パンナムのガイドブックの表紙（ユージン）

トックホルム便は空席があるそうなので、まずヘルシンキへ行き、ヘルシンキからストックホルムへ、この二つの都市で三週間ほど滞在して、ストックホルムからブリュッセルまで、サベナ・ベルギー航空に乗ることになった。この時、エコノミークラスが満席で、私はビジネスクラスでただ一人となった。

機内での客室乗務員のサービスというのはクラスごと、通路ごとでおおよその担当が決まっている。たった一人の乗客である私に客室乗務員四人で世話をしてくれる。離陸前にシャンパンが来る。離陸してからも飲み物は何がいいか尋ねに来てくれた。白ワインをお願いしたが、赤ワインのボトルを開けて持ってきてグラスに注いでくれる。当然のことながら、私にそれなりの表情が浮かんだのだろう。ヨーロッパ人の表情、表現は日本人よりもずっと豊かだ。

「ウララ……ごめんなさい」

赤ワインを引こうとしたので、咄嗟に彼女の手を制し、そのグラスを口にした。

「おいしい赤ですね」

ワインのつまみ、チョコレートを持ってきてくれる。

「何か必要なものはないですか」

「私は言語の勉強をしているので、言語に興味があります。機内に積んである新聞で違った言語の新聞を一揃いほしい」

「いいですよ」

そう言って、数種類の新聞を持って来てくれた。

私は皆目読めないけれど、新聞の表紙の片隅に発行所が書いてあるので、どこの国の新聞かくらいは判断できる。私は失礼にも尋ねた。

「この新聞、全部読めるのですか」

それでなくても小さな顔の大きな瞳が、さらに大きくなった。

「もちろんョ」

ところが、である。この新聞は何語で書いてあるのかと尋ねると急に慌てて、一面の上のほうを確認している。

「これは……、多分、スウェーデンの新聞、多分ね。ここにストックホルムと書いてあるから……」

何とも不思議な気分になる。我々なら、ちょっと英語が話せる、フランス語がわかる。自慢げになることもある。彼女は全て読めるし、話せるが、それが何語であるかと尋ねられてもわからない。

「どこの国の言葉かわからないのに読めるのですか」

「読めるわよ」

「何か国語、わかるのですか」

「そんなこと、真剣に考えたことないよ」

「英語、ドイツ語、フィンフンド語、デンマーク語、スウェーデン語」

私が挙げていく。

ベルギー人だから、フランス語とオランダ語は当然わかる。スペイン語もポルトガル語もわかると言う。イタリア語も何とかわかるとのことだ。

「私たち日本人は外国語が苦手なんですょ」

とうとう私の隣の席に座って話が弾み始めた。

飛行機に乗る時は常に手荷物の中に小さなプレゼントを潜ませている。彼女に浮世絵のハンカチを渡した。日本の浮世絵は、海外では人気がある。彼女はそのハンカチを他の乗務員にも得意げに見せる。彼ら、女性一人、男性二人にもプレゼントをしないといけなくなった。カバンの中から小さなプレゼントを彼ら三人にも渡した。

後になって知ることになるが、彼女はサベナ・ベルギー航空きっての才媛であった。私は当時、複数言語社会の言語事情に関心があり、丁度、ベルギーの言語教育についての原稿を進めているところだった。絶好の機会だ。「あなたはワロン人でしょう?」と聞いたら、そうだと言う。「ワロン語とフランス語、フラマン語とオランダ語の違いを教えてほしい」と頼むと、彼女はこう言った。

「ワロン語はフランス語の方言、フラマン語はオランダ語とは似ているが別の言語だ」

これが正しいか否かは別にして、語学に堪能な彼女のすっきりとした回答だった。彼女の的を射た説明では「フラマン語とオランダ語は、ほとんど文法的に違いはなく、発音(我々の言うところの音韻)に差がある。『g』の発音が違うのですぐにわかる」そうだ。また、「ワロン語がフランス語の方言である理由は、文法と音韻(発音)は全く同じであるが、いくつかの単語の意味や用語の違い、表現の違いがある」とのことであった。

私は彼女にベルギーの言語事情についても原稿を書いていること、その中で、フランス語とオランダ語、ワロン語とフランス語の定義付けで迷っていたことを話した。彼女は早速サベナ航空の絵葉書を取り出し、自分の名前と住所、電話番号を書いて、私に渡してくれた。

「いつでもわからないことがあったら、ここに連絡して。いくらでも説明するヮ」

これは禁断であることを、後で知ることになる。客室乗務員は名字あるいは名前だけの名札を付けている。姓名全てを表示していない。元来機中だけのサービス提供である。それがたった一度の出会いでフルネーム、住所、電話番号全てを教えてもらった。

彼女は私の横に陣取ったまま、楽しい話を聞かせてくれる。もう仕事などそっちのけだ。何しろ乗客は私一人なのだから。他の乗務員も何事かと集まってくる。サービスとはいえ、みんなで陽気に笑いながら時を過ごす。

しかし、カーテンで仕切られた後ろのクラスには多くの乗客がいる。向こうのサービスは忙しいだろうに。他人事ながら心配になる。彼女は席を立って、前方のカーテンの陰に入っていく。やっと私一人になれた。しばらくすると彼女は手に箱を隠すように持ってきて、私の足元のバッグの中に投げ込む。

「シッ、黙って」

その場を去りながら、彼女は続けた。

「あれは、チョコレート、ゴディバよ」

普通、乗客に一粒ずつ配っていく、例のものだ。こんな楽しい旅は初めてだ。もちろん食事や飲み物、デザートなどはちゃんと運んで来てくれる。

また隣に腰を下ろし、話を始める。日本人の乗客も時々出会うこと、日本人はもの静かで礼儀正しい。他のアジアの旅行者とは全く違う。しかし、日本語は全然知らない。そんなことを話してくれた。

四時間余りの楽しい旅も終わりに近づいてきた頃、日本語で「グッドバイ」のことは何と言うのか尋ねてきた。やはり彼女はプロ意識がある。日本語には明日会える別れも、永遠の別れも「SAYONARA」しかないことを教える。日本人は感傷的な国民だから複雑な思いで、この「さよなら」を受け止める。私は「あなたから、さよなら、の言葉は聞きたくない」と少々キザな台詞を言ってしまった。そして、シー・ユー・アゲインの意味で「また会いましょう」を教えた。

ブリュッセルに着いた時、乗務員の一人ひとりが楽しかったと言ってくれた。機内から出ようとした時、振り返ると、彼女は「マタ、オアイシマショウ」と言ってくれた。彼女の名前がシャンタルである。

彼女の説明も参考にして某研究誌に「ベルギーの複数言語社会と教育」が掲載された。彼女との出会いで、サベナ・ベルギー航空がより身近に感じられるようになった。サベナ・ベルギー航空の大阪支店長の千星氏ともお近づきになれた。

成田発のサベナの二階席に着き、シートベルトをして一息ついていると、機内サービスが始まる。定刻通りの出発、順調に高度を上げていく。突然、座席の後方から女性の声で、「ミスター・ツジイ」と呼びかけられた。咄嗟に「はい」と振り返る。ブロンドのショートカットの美人が、「今日のフライトのお世話をするようにシャンタルから依頼されている」と笑顔で言う。

成田を舞い上がって、まだ三十分そこそこだというのに、私の心はすでにベルギーだ。彼女の名前はVeranigue DEFORTという。名前からしてワロン人だ。

今日のチャーリークラスは空席が目立ち、乗務員ものんびりしている様子だ。彼女は席を回りながらゴディバを配っている。私も三つもらう。例のチョコレートだ。「もっと取りなさいョ」と言って、余分に置いてくれる。私は自分が知っている数少ないフランス語を並べる。

「メルシー、ブクー（ありがとう）」

彼女は喜びというより、むしろ驚いた様子でウィンクをして、次の席へとサービスを進めていく。また別の乗務員が飲み物を尋ねに来る。シャンタルとの出会いの時を思い出す。

「クリックはありますか」

ピルスナーしかないとの返事。「それならステラでもジュピラーでもいい」と答える。

「ベルギーは好きですか」

「大好きです。第二の故郷です」

ジュピラーを置いてくれる。

私は「ブ・ダンク（ありがとう）」と言ってみた。

やはりそうだ。彼女は私の言葉に反応した。フラマン人だ。いつも旅していて感じることである。相手の言葉が少しでも話せることは、そこに住む人々との心の交流の第一歩となる。うれしいものだ。

シャンタルに出会ったときの搭乗券 ▶

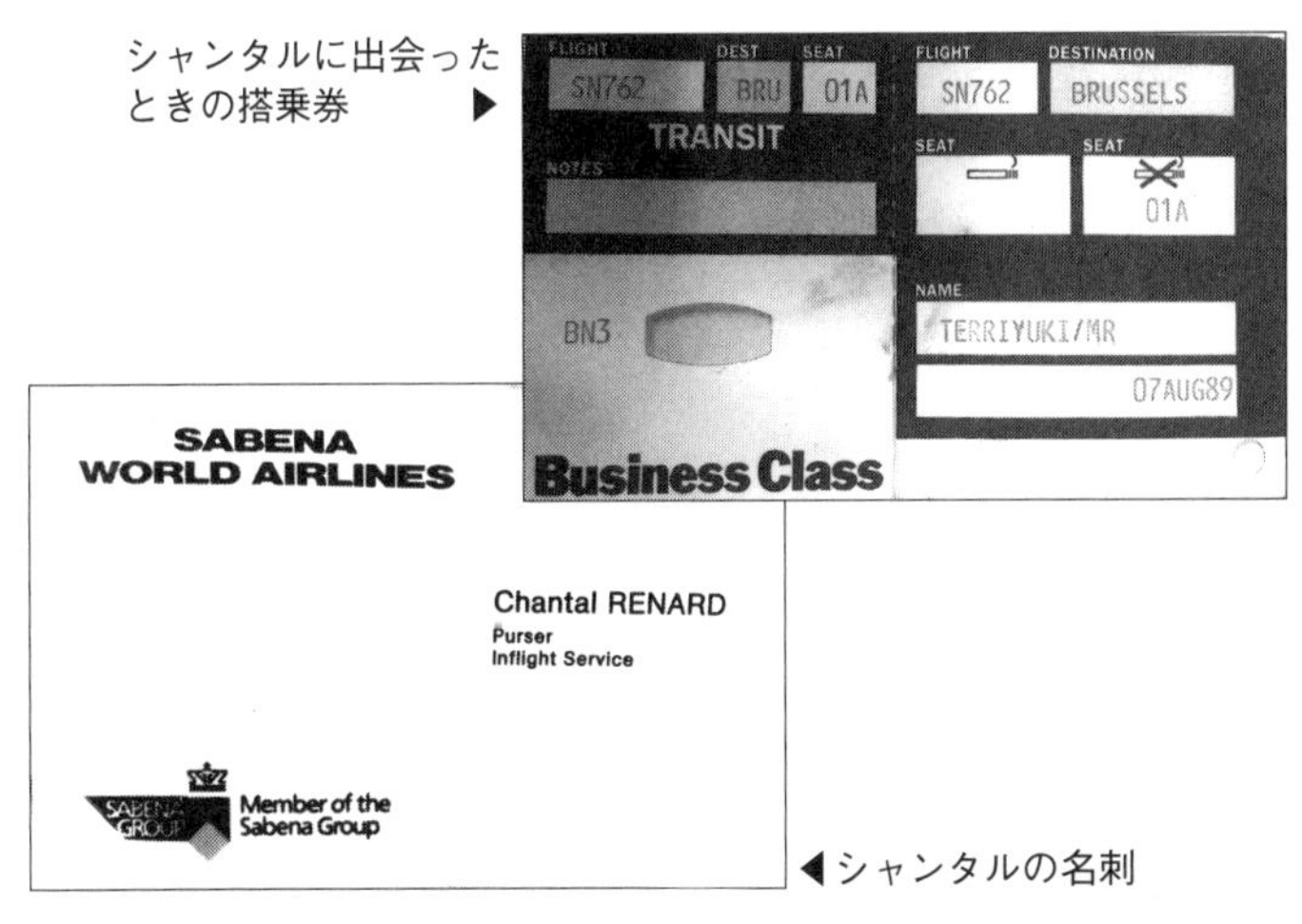

◀シャンタルの名刺

トイレから戻って来ると、ワインが一瓶、ブランケットに忍ばせてある。ほどなくして彼女が近づいてくると、「シッ、内緒ネ」と言って私の横を通り過ぎて行く。サベナの会社に知られたらまずいだろう。十二時間の長旅も、こんな雰囲気では短かすぎる。

やがてベルギー、ブリュッセルのザベンテム空港に到着する。機内でスタッフにお礼の挨拶を済ませ、ボーディングブリッジを抜けると、グリーンの制服を身にまとったシャンタルが待ってくれている。彼女のオープンカーで一路家路に向かう。彼女のおかげでベルギーでの人生、語学の勉強と新しいスタートを切ることになった。

ベルギーの空港ロビーにて（シャンタルと筆者）

ベルギーにあるシャンタルの自宅にて（シャンタルと筆者）

アントニー ～南アフリカ大学 法学部教授～

私が初めて南アフリカ、ヨハネスブルグの空港に降り立った時、全てが感動だった。

到着ロビーは吹きっさらしで、壁もなく鉄筋の柱のみで建っていた。扉が開き到着ロビーに出ると、さわやかな風が通り抜けていた。髪をなびかせながらアントニーが待っていてくれるのが目に入る。緊張で足取りもおぼつかない私を見て、彼は「アフリカへ、ようこそ」と右手を差し出してくれた。一瞬にして緊張が解ける。

ローカル空港のようなたたずまい。少し目を外に向けると雑草の野原だ。コンクリートのロビーの床を過ぎると、草の生えた野原。そこにアントニーの車がある。彼は得意げに「アフリカ」「アフリカ」と叫ぶ。

彼はもともと陽気で茶目気たっぷりだが、初めて私を迎えたので楽しく振る舞ってくれている。導かれるまま彼の自動車にトランクを積み、数分のドライブであたり三六〇度に広がるパノラマに酔いしれる。進んでいく道路以外に人工物は見当たらない。今まで目にしたことがない、なだらかな地平線。土の色は赤に近い褐色。進んでいくハイウエイはほぼまっすぐ、直線。なだらかに上下の坂はあるものの、ひたすら直線のハイウエイを駆けていく。

この直線はどれだけ続くのだろう。自動車のメーターを見ていると、優に三〇キロはただまっすぐに伸びている。周りを見渡すと、はるか彼方のなだらかな稜線が見えるだけである。この風景を眺めるだけでアフリカに来た値打ちはある。広い、ただそれだけで距離感など日本でのものさしで測れない。正面に小さな米粒ほどの赤い点が現れる。向かってきているのか、それとも同じ方向に進んでいるのかもわからない。

アントニーは、現地に招いた私がアフリカに来たことを大いに喜んでいる。「アフリカ!」「アフリカ!」を連発する。国土も広いが道も広い。ゆったりと一方向二車線、そしてその横の路肩もゆったり一車線分確保してある。その外側には、舗装していない一車線分がある。日本的な見方をすれば片側四車線。その一車線もゆったり幅が取ってある。

一路、プレトリアの彼のマンションに向かう。目の前に近代的な都市が近づいてくる。空港から道路以外に人工物が見当たらなかったのに、突然近代都市が視界に飛び込んでくる。広大な土地に近代的な高層建築が立ち並び、立体交差の道路が張り巡らされているが、日本のような窮屈さは全くない。

彼のマンションは、そう新しくはないが立派な十階建て。その七階に彼の部屋がある。ドアを開けて中に入ると、そこには日本が飛び込んでくる。日本的ではない。しかし、日本の品がヨーロッパ人のアイデアでデザインされている。その一方で、アフリカの作品がうまく調和して置かれている。

アフリカに初めて訪れた日は覚えていない。しかし、アントニーの家の白黒テレビで湾岸戦争勃発のニュースを見た。それから三日後、彼の運転であてどない旅行に向かう。彼にはアイデアがあるのだが、私には全く事前の相談もなく、言われるままに出かけた。再び周囲から人工物が消え、ただまっすぐに伸びる道を走り続けた。

ぽつんぽつんと、いくつかの集落を通り抜け、小さなホテルにたどり着いた。目の前に数軒の家が散らばっており、その向こうに湖がある。人影はと言えば、黒人が畑の作業をしたり物を運んだりしている。だが日本とは違う。のんびりやっている。ホテルと言っても受付とバーのカウンターのみ。ここでチェックインしてアフリカ風のコティジが数個あるのみ。ここが、将来アントニーが住み着くことになるクライシスミアだった。

彼も私も機械は苦手。手紙での交流のみが頼りだったが、その手紙の中でバンクを買ったとかジェイルを買ったとか知らせてくる。バンクと言えば銀行。ジェイルといえば刑務所。ピンと来ないまま二年が経ち、またアントニーのもとに行く。

日本での南アフリカの情報は、全く事足りぬ状況。現地はかつてのボーア戦争の戦場跡。かつて銀行だったところは、今も「バンク」。刑務所だったところが「ジェイル」。今は小さなスナックになっているところが「ビリャード」といった具合だ。アントニーは、かつての銀行の建物を自宅に改装して住んでいた。

このクライシスミアのバンクに荷物を置き、彼は歩いて五分ほどのところにある郵便局に私を連れて行く。そこには白人の女性がいた。たった一人の職員、マリッチだ。そこは、日本の郵便局ではありえない作りをしていた。内側と来客スペースが金属製の柵で分けられているのだ。来客用の空間には、日本でもかつて使われていた木製の事務机と一脚の椅子がある。

マリッチが「クレープ食べる？」と尋ねてくれ、アントニーと私はその柵から職員用のスペースに入り、クレープとルイボスティをいただくことになる。アントニーはすでにクライシスミアの村人の一員になっていた。

彼は遠い日本から来た私のために、次々と短期旅行を計画してくれる。モザンビークへ行こう。日帰りだそうだ。地図帳で学んだだけのモザンビーク。全く知識のないまま、アントニーの車で一路、モザンビークへ向かう。二時間ほどのドライブでモザンビークの国境。国境を越え、バザールに行く。雑然と並ぶテント張りの店々。そこには、私の目を引く品々が山のように積まれている。その中で魔除けの木彫りを買うことにした。

南アフリカからモザンビークへ（筆者）

そこから南アフリカ、クライシスミアに帰るため国境に向かう。ゴミが散乱した道路。舗装も充分でない。土埃も舞い上がる。国境を過ぎると道路は見違えるほどきれいに整備されている。ゴミもない。

アントニーの自動車でクライシスミアへの帰路、仕事と差別について考えさせられた。仕事がなくても差別のないのが幸せか、それとも差別があっても仕事があるのが幸せか。これが私の中で大きな疑問となり、アントニーとの会話も途切れ途切れとなった。私の様子がおかしいと気づいたアントニーは、自動車を道の傍らに止めて世間話を始めた。

私は自分の気づいた疑問を、アントニーに話した。どちらが幸せなのだろう。しかし、この疑問は単なる旅人が表層だけを見て感じたものだったのだろう。アントニーから現実、現状、そして、長い間かけて作り上げられた実情を改善するのは不可能に近いことなどを教えられた。物の考え方、価値観が違う。

事態は深刻で、一個人の力は無力そのものだ。しかし、アントニーを説得して彼が購入したジェイルを無料で借り受け、将来の教室を目指すことにした。ジェイルの前に石柱を建てた、道の傍らに転がっていたものだが、それに「愛の園」とペンキで書いた。漢字と平仮名で書き込んだので、誰も読めない。ここでパンを配ることから始めることにした。

ostscript

isitors to the village often enquire about the weathered Chinese characters on the sandstone llar at the entrance gate of the Old Jail. It has been suggested that they convey some or other essage by a member of the Chinese labour force which under Lord Milner was brought to South frica to work on the gold mines. Not so. They are the handiwork of Teruyuki Tsujii, a visitor from ipan, and date back to the early 1990s. Freely translated, his message is: "To Chrissie, with ve."

ジェイルの前の石に「愛の園」と書く筆者。
現地での学校の開始。クライシスミアの歴史の本に紹介

今回の訪問は「複数言語社会の教育実態」について学ぶことだった。この当時の行政区分はナタール州、トランスバール州、オレンジ自由州、そしてケープ州だった。公用語は英語とアフリカーンス（オランダ語が祖語）だった。アントニーの援助で南アフリカ大学でもスピーチの機会を得たし、図書館で南アフリカの言語事情も学べた。

しかし、こんな研究は大したものではないと思うようになり、今回持参した研究用の資金をアントニーに渡し、次に自分が来るまでの空白期間のスケジュールについて夜を徹して語り合った。

まず、アラビア数字で表されている時計を買った。数字とアルファベットを知ってほしい。クライシスミアには小さな萬屋と肉屋、酒屋くらいしかない。隣のエメローには本屋はあるだろう。アントニーの自動車で約三〇キロ離れたエメローの商店が集まっている場所に行き、そのあたりで誘導してくれる背の高い黒人青年の指示に従って車を止める。彼に「本屋はどこ?」と尋ねると、「知らない」と言う。ところが、彼の後ろに「本屋」の文字が見える。どこかが途切れている。「BOOK STORE」が読めないのか「ブックストア」の発音がわからないのか、それともだった。

「ブック」が「本」の意味とつながらないのか。これが、私のおせっかいの第一歩

　クライシスミアの近くにある黒人居住区「ロケーション」から徒歩で白人居住区までやって来て、彼らはその日の小遣いを稼ぐ。洗車、庭の掃除、草刈り。流通している商品の値段は日本の八割くらい。人件費は安い。労働力は豊富だ。自動車を洗って五〇円くらい。ジュースは買えないが、食パンは買える。この現実の中で一個人、それも外国人というヨソ者のおせっかいが始まった。

ジェイル―ここでパンを配り始めた

　昼になったら食パンを配る。一人で来ることはない。兄弟や友達、数人集まってやって来る。時計を指しながらパンを渡す。パンをもらっているのを見て、やって来る者もいる。数日すると、十人以上の

子供たちが集まってくる。大人に近い若者もやって来る。彼らにはアントニーが車の掃除や草刈り、木の枝はらいなどの仕事をさせてからパンを渡す。

こうして私の好奇心によるお手伝いが始まった。私のおせっかいが終わるのは、白人政権が倒れ、黒人政権が始まってからだ。その間、旅行ガイドの写真集には私が書いた「愛の園」の石柱が紹介され、アントニーはクライシスミアの歴史の本を出版し、その最後のページに私のことを紹介してくれた。また、新聞にも掲載された。

いつのことだったろう。クライシス湖を一緒に散歩していた時、彼は私にこう言った。

「テリー、お前もやっとグローバルな人間に成長したね」

「まだまだだよ、もっと成長したいね」

HIGHVELD

Prof Ton Sanders and Mr Terry Tsujii show the book "Paradise in the world – Chrissiesmeer in South Africa" written by Terry.

Terry honours a promise

Gerald Young

The Highvelder was privileged this week to receive a visit from Mr Teruyuki Tsujii, a 65-year-old retired teacher from Tokyo, Japan.

He kept a promise he made during a visit last year to bring a copy of a book he wrote in Japanese, reflecting the history and people of Chrissiesmeer.

His book, *Paradise in the world – Chrissiesmeer in South Africa*, was born of his desire to share the rich history of the town and the role it played in the Anglo-Boer War with his fellow countrymen, who, he says, generally do not know much else about South Africa other than Johannesburg and Cape Town.

Terry, as he is known by his "Western" name, has become a firm friend of Chrissiesmeer since befriending Prof Anton (Ton) Sanders, a resident of Chrissie who has written three books on this quaint town, steeped in history.

The two gentlemen who have been friends for more than 30 years, met while Ton was a lecturer at the University of South Africa (Unisa) and Terry was studying through correspondence.

15 years ago, Ton, who had since retired, invited Terry to visit him at Chrissiesmeer and his fascination with the town's history was spawned.

Regular visits soon followed and were reciprocated by Ton who visited Terry in his home country.

Last year, the Highvelder reported on Terry's visit to Chrissiesmeer and Ermelo and at the time he promised to bring a copy of his book on his next visit. This week he made good on his promise.

He has also made copies of the Highvelder's front-page report on his visit and these are displayed in shops of his friends in Tokyo.

"Now, Ermelo and the Highvelder are also my friends," he said.

The index of Mr Teruyuki Tsujii's book on Chrissiesmeer. Can any of our readers translate this?

筆者が現地（クライシスミア）のことを紹介したことを伝える新聞記事

南アフリカ・クライシスミアの歴史（アントニー著）

島倉千代子さん

～あこがれの歌手～

昭和三十年、私の家で唯一の電化製品がラジオだった。タンスの上に高級品としてまつられていたが、そのラジオから高音のコロコロ転がるような声で寂しげに歌う歌声が流れてくる。私はまだ五歳だったが、無心に聴き入る。

「アーカーク　サクーハナ　アーオイハーナ」

そんな細い歌声が流れてくる。子供の私が初めて認知したのが、そう島倉千代子さんの『この世の花』だった。

タンスの上のラジオは背伸びをしても届かず、親がスイッチを入れてくれたら、それをじっと正座して聴くだけだ。そして、偶然『この世の花』が流れてくるのを期待して、じっと待っていた。チャンネルがあることも知らなかった。私はラジオの前に正座して、その歌が流れてくるのをただひたすら待ち続けていた。イントロを聴いただけで『この世の花』だとわかる。まだ字も充分書きこなせなかったが、ラジオのスピーカーから流れてくるその歌声を必死で聴いて覚えた。

成長と共に字を書くことにも馴れてくると、歌を聴きながら歌詞を書いていった。大体、一番と二番が放送されるので、二番の時には一番の歌詞で追いかけつつ歌った。もちろん島倉千代子さんにお目にかかったことなどあるわけもなく、この頃は遠い遠い夢の存在だった。

中学になると級友から雑誌を見せてもらうようになった。丁度彼女の結婚の話題などもあり、写真を通して島倉千代子というスターが一歩近づいてきた。また、この頃、テレビを買ってもらったので、ブラウン管を通して姿を見ることもでき、身近な存在になっていった。テレビの向こうの姿は雲の上の存在。あこがれの的だ。しかし、ブラウン管の向こうの島倉千代子は表情に動きがあった。

彼女が借金地獄に陥った頃、私は家族三人の看病に追われていた。私は厳しい毎日を彼女の苦しい状況に重ねて、耐えることができた。当時は病院も完全看護ではなく、仕事を終えてから必要なものを三人に届けに行っていた。終業時間になるとそそくさと帰るため、職場のみんなから白い眼で見られたが、仕事に私情は禁物だ。

そんな日々が続いていた時、心の支えになってくれたのが島倉千代子さんの歌だった。当然テレビを見る余裕もない。通勤時に自動車のラジオから時折流れてくる島倉千代子の歌に元気づけられていた。そして、三人を見送った時にヒットしていたのが『人生いろいろ』だった。

私の生活も次第に落ち着いてきたと思っていたら、突然、島倉千代子が乳ガンであることを告白した。やっと借金地獄から抜け出したのに、今度は病魔に襲われてしまった。奇しくも、その一年足らず後、私にもガンが見つかった。彼女は「歌があったから頑張れた」と言っていた。

それを聞いて、私には何もないと思っていた。ガンの治療で入院した時、私はベトナム籍の高校生の弁論大会の指導をしていた。校長先生に無理を言って、仕事帰りに病室に立ち寄ってもらった。弁論原稿の点検と手直しのためだ。仕事で疲れた校長先生が、未完成の原稿を手に病室を覗いてくれた。両手に点滴を受けながら、その原稿に目を通す。そうだ、私は特別な職業に就いているわけではないが、これが私の生き甲斐、生徒を育てることが心の支えなんだと気づいた。

生老病死。生きている限り、やがて老いていく。あの偉大な歌手、島倉千代子でも年齢と共に体力は衰え、声も年齢相当の質に変わっていき、それに合わせるかのように、かつての人気も失われていく。私も三十数年務めてきた教師生活を終える。過密だった彼女のスケジュールにも余裕が生まれ、少しはのんびりできるゆとりが出てきた。おかげで、私のような、とるに足らない一ファンの声も聞いてもらえるようになった。

私が現在も親しくしていただいている元校長先生から、彼女の『君』という曲が大好きだとよく聞いていた。特にヒットした曲ではないが、星野哲郎氏が亡き妻を偲んで書いた詞だ。某ルートを通じて、次のアルバムにもう一度『君』を入れてほしいと依頼した。そして、この校長先生が教頭から校長に就任した時の記念アルバムとして届けることができた。（本書七六頁）

何度か島倉千代子さんに会わせていただく機会があり、レコード店ミヤコの陰山隼一氏のご尽力で五十周年リサイタルの後の打ち上げパーティーでご一緒させてもらったことがある。この時、初めて島倉千代子さんが近くに来てくれて、私に話しかけて下さった。

「ツジイです」

私が「紅白おめでとうございます」とお祝いを言うと、

「アリガトウ」と言って島倉千代子さんは次のテーブルへ。

数秒の会話ではあったが単なるファンへのリップサービスの挨拶ではなく、五十年間ありがとうの心の交流ができた。（本書一一三頁）

長い間、ファンであり続けていると、やがて共に人生の下り坂に向かっていく。次第に彼女の歌声に酔いしれる、魅かれる段階から、彼女のことを気づかう心境になっていった。「何とか歌いきってほしい」と祈る思いにまでなっていった。私は寂しがり屋だ。今まで大切な人と何度も別れの辛さを味わってきた。

島倉千代子さんとの別れも大きな悲しみだった。

島倉千代子さん、ありがとう。

NHK のリハーサルにて（島倉千代子さんと筆者）

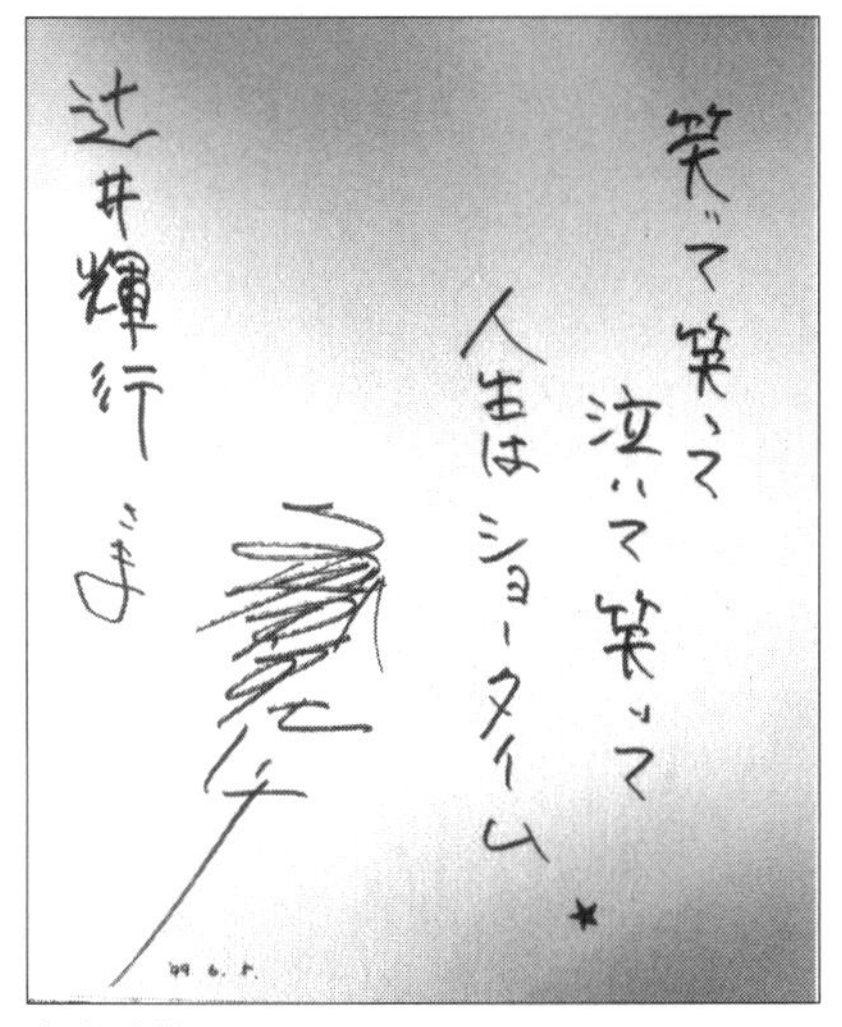

島倉千代子さんからいただいたサイン

楽屋前にて島倉千代子さんと

辻井さま
ご本を、ちょうだいしまま
す。今年は関西が
多いのでカンバンみかけたら　ぜひみに来て下さい！
「童女」がめちゃうけしています
沼津にて

〒一五〇-〇〇四七
東京都渋谷区神山町二ノ一〇　神山町Yビル三F
(株)トラストミュージック
島倉千代子

島倉千代子さんからのお手紙

〈特別手記〉辻井先輩

大学時代の後輩　大畑 修一

私の大学入学当初（一九七二年）、学生運動が少しばかり下火になっていたものの、多くの教室はいまだにバリケードで封鎖され、授業も開始されないという状態でした。そんな中にあっても、学生達は研究室には自由に出入りし、サークル活動や授業も加えた自主的な研究会を開催していました。

そんなある日、研究室で初めて三回生の辻井さんにお会いしました。事前に聞いていた先輩達の噂話以上の強烈な個性で、一目見るなりその存在に圧倒されていたことが、私の第一印象でした。

先輩や教授も加わった研究会やディベートの最中にあっても、華奢で細身の体躯からはとても想像できないほどエネルギッシュで、予想すらできない頭の回転から発せられる言葉はまるで機関銃のようでした。そして、的を射た発言は、いとも簡単に並み居る先輩諸氏を沈黙させました。

当時、ほとんどの学生が男女問わず色あせたジーパンによれよれのTシャツという定番の格好にあって、辻井さんは、鮮やかな青のジャケットに折り目の入ったスラックス、白の革靴といういでたちで、その上、学生運動で騒然とする大学にあって平然とまっ赤な車で登校するという、全てが破格で異質でした。

ある日、辻井さんの下宿で詩人研究会のメンバー数人と飲み会をしました。数本の日本酒を置き車座で冷や酒を酌み交わしました。その時、辻井さんが「いい、今日は日本酒をもっと美味しく飲む方法を教えてあげるね」と、ライムの瓶を取り出しました。そして、グラスに八分ばかり入れた日本酒にライムを注ぎ入れ飲む味は実に口当たりもよく、皆で酒を飲むペースが一気に加速しました。やがて、全員がロレツが回らないほどに酩酊し、私自身も天地が判らなくなるほどの状態になってしまいました。そんな中にあって、突然、辻井さんが一人立ち上がり歌い出しました。延々と何曲も歌い続ける歌は、全てが島倉千代子さんの曲でした。見事な声量と情感のこもった歌は、完璧な歌い振りでした。その歌の中でも、台詞入りの『東京だョおっ母さん』の曲は、今でもその時の情景と共に鮮明に蘇ります。
先輩、後輩としてわずか二か年のつきあいでしたが、辻井さんの言動から多くのことを学ばせてもらいました。

強者におもねるな
弱くとも己を信じ生きよ
人の幸せのための存在であれ

辻井さんは一度も言葉にして私に述べることはありませんでしたが、私なりに学び、半世紀を経た今も私自身の信条としています。

二〇二三年一二月七日

おわりに

恩師の提案で、この稿を書き始めた。

書き進めるにつれて、自分がこんなに多くの人に可愛がられ、あたたかい愛情で育てられてきたことに、初めて気づいた。小さい頃からコンプレックス、劣等感、ともすれば卑屈になりがちであったが、こうして人生のその時々で巡り会った人たちが、私にして下さったことは、当たり前のことではなく、特別なことであったのだと、今改めて教えられた気がする。

かつて学生時代に後輩が私を評して「先輩は本当に弱い人間だ。しかし、その弱さを強さに変える不思議な力を持っている」と言ってくれた。弱い私だから、他の人が一歩進むところを半歩しか進めないかも知れないが、感謝と笑顔を忘れないように心がけている。

この稿をまとめようとする今に至り、これらの人の面影が当時の優しい笑顔で浮かんでくる。みんな私の顔をじっと見守ってくれている。こんなに多くの人たちに大切にしてもらって育ってきたが、私は何をしてきたか。どんな貢献をしてきたか。

残された人生、現在周囲に集まってくれている人、またこれから巡り会えるであろう人たち、未来ある人たちに、償いの意味も込めて、出来得る限り尽くしていきたいと願うばかりだ。

なお、大畑修一兄が手記を寄せてくれたことに感謝を届けたい。先輩らしいこともしていない私だが、青春時代のひとこまを鮮やかに蘇らせてくれた。

最後に、この本を作るに当たり、企画と校正に恩師の吉田則夫先生のご高配を、また原稿のワープロ入力に浅野隆士さん、揖場君のご尽力をいただいたことに、厚くお礼を申し上げる次第である。

〈著者プロフィール〉

辻井 輝行（つじい・てるゆき）

1950年生まれ。兵庫教育大学大学院修士課程修了。

在学中より上代語の研究を続け、兵庫県内の県立高校にて国語科の教鞭を執る。

ベルギールーヴァン大学CLLフランス語コース修了。様々な国際ボランティアに携わりながら兵庫県立飾磨工業高校を定年退職後は多くの著書を出版し、「出会いの素晴らしさ」や「人を大切に思う気持ち」などをテーマに若者から高齢者まで幅広い年代に向けて講演活動を続けている。

主な著書

『こころ豊かな国ベルギー』（2011年2月7日　パレード刊）

『あなたに会えてありがとう』（2011年2月7日　パレード刊）

『地上の楽園　クライシスミア』（2013年10月1日　パレード刊）

『鈍行列車にのりかえて　一両目』（2016年6月1日　パレード刊）

『鈍行列車にのりかえて　二両目』（2017年2月11日　風詠社刊）

『鈍行列車にのりかえて　三両目』（2017年9月29日　風詠社刊）

『鈍行列車にのりかえて　四両目』（2018年7月14日　風詠社刊）

『鈍行列車にのりかえて　五両目』（2020年6月27日　風詠社刊）

わが忘れえぬ人

2024年5月28日　第1刷発行

著　者　　辻井輝行

発行人　　大杉　剛

発行所　　株式会社 風詠社

〒553-0001　大阪市福島区海老江5-2-2 大拓ビル5 - 7階

TEL 06（6136）8657　https://fueisha.com/

発売元　　株式会社 星雲社（共同出版社・流通責任出版社）

〒112-0005　東京都文京区水道1-3-30

TEL 03（3868）3275

装　幀　　2DAY

印刷・製本　シナノ印刷株式会社

ISBN978-4-434-33880-9 C0095